AF186719

Nadine Koch, geboren 1976, kam über Umwege zum Schreiben. Zuerst wollte sie Stewardess werden, dann Tierärztin, dann Psychologin und hatte schließlich einen Ausbildungsvertrag zur Zahntechnikerin in der Tasche. Aus Angst vor einem Buckel studierte sie schließlich Kommunikation und BWL. Inzwischen lebt sie mit einem Mann, zwei Kindern und drei Meerschweinchen in Köln. Schon seit Kindheitstagen schreibt sie Anfänge von Geschichten, die über die Jahre in verschiedenen Schubladen gelandet sind. Aus dieser Tatsache entstand ihre Internetseite **www.schubladengeschichten.de**.

In Dosen ist ihr erster, zu Ende geschriebener Roman. Yeah!

Nadine Koch

In Dosen

Das Leben der Sophie K.

Bibliografische Information der Deutschen Nationalbibliothek: Die Deutsche Nationalbibliothek ver-
zeichnet diese Publikation in der Deutschen Natio-
nalbibliografie; detaillierte bibliografische Daten sind
im Internet über http://dnb.dnb.de abrufbar.

© 2018 Nadine Koch
Herstellung und Verlag:
BoD - Books on Demand, Norderstedt

ISBN: 9783746096698

1. Kapitel

Vorsichtig fummelt sich meine Hand durch die Dunkelheit. Es fühlt sich glatt an. Das Ding in meiner Hose. Und platt. Glattplatt. Vielleicht hat es jemand platt gesessen. Nicht gesehen und drauf gesetzt. War ich das? Ich fummel weiter.

Ist schon eine extrem flache Flunder. Also nicht ich, sondern das Ding. Ein bisschen labbelig. Also biegsam. Nicht pieksam. Es piekt nicht. Meine Finger können fühlen, dass die Ecken abgerundet sind. Könnte eine Kreditkarte sein. Aber ohne erhabene Schrift. Oder wie die Schrift zum Fühlen heißt. Und wieso überhaupt erhaben? Gibt es auch siehaben? Ich bin schließlich für Gerechtigkeit. Und dünner als eine Kreditkarte ist sie auch. Vielleicht eine Sparversion. Vielleicht eine für Leute mit wenig Geld. Man hat am Material gespart. Irgendwo muss man ja. Sparen. Wär ja noch schöner. Wobei sparen und Kreditkarte ja schon ein Widerspruch an sich sind. Irgendwie.

Dann hört das Fummeln im Dunkeln auf. Ich ziehe die Karte aus der Hose und gucke mir das Ding an. Nix drauf. Keine Schrift. Also nixhaben. Und auch sonst nix. Drauf. Nur weiß und glänzend. Laminiertes weißes Papier. Vielleicht ist was auf der Rückseite? Ich versuche das Ding rumzudrehen. Habe aber glitschige Finger. Flunderflossen. So dass die wabbelige Karte irgendwie dadurch flutscht. Und flatternd auf den Boden fällt. Mist.

Als ich zum Boden blicke sehe ich, dass anscheinend auf der anderen Seite etwas steht. Sehe ich aber von oben nicht. Also nicht richtig. Zu klein gedruckt. Oder ich zu weit weg. Oder zu schäl. Nicht schal. Schäl. Ist Kölsch und heißt soviel wie kurzsichtig. Was ich aber leider sehr genau sehe, ist diese Hose, in der ich stecke. Grau. Farblich ja eigentlich ganz o.k. Wäre da nicht der Nicki. Das ist nicht mein Freund. Eher mein Feind. Schon damals. In den 90ern. Hatte ja irgendwie jeder, der in der Yellow Press war. Von Juicy Couture. So hieß das Label. Scheiße teuer. Scheiße schlabbrig. Was sollte daran schön sein. Am schlimmsten der Aufdruck auf der Rückseite. Auf Brötchenhöhe. Ich meine das mit den vier Buchstaben. Nicht Brot. Sondern Popo. Quasi ein Arschgeweih für Feige. Nicht die Frucht. Sondern die, die sich fürchten. Egal wie, aber immer fürchterlich.

Gerade als ich mich umdrehen will, um nachzusehen, ob das Logo meinen Allerwertesten schmückt, merke ich: geht nicht.

Meine Beine und mein Oberkörper sind mit einem Gurt festgeschnallt. Wobei das noch zu lose klingt. Ich würde es eher fixiert nennen. Meine Füße lassen sich bewegen. Meine Unterschenkel auch. Ich lasse den Kopf ein paar Mal kreisen. Das geht also auch. Anschließend nicke ein paar Mal heftig. Head-banging-mäßig. Entsetzt sehe ich plötzlich ein paar wasserstoffblonde Strähnen durch die Luft wirbeln, während ich wild mit dem Kopf nicke. Oh Gott, sind das meine? Wer hat mir bloß diese beschissene Haarfarbe verpasst? Ein paar Strähnen bleiben mir an den Lippen kleben. Sie lassen sich nicht wegpusten. Ich ahne Böses. Anscheinend hat mir auch jemand Lipgloss auf den Mund geschmiert. Es muss jemand anderes gewesen sein, weil ich selbst genau aus diesem Grund das Zeug so sehr hasse. Bei jedem Windstoß hat man die Friese in der Fresse. Ich entferne die Strähnen aus meinem Mund. Aha, die Hände kann ich also auch bewegen. Ich rudere anschließend ein paar Mal heftig mit den Unterarmen, um die Beweglichkeit meiner oberen Gliedmaßen zu testen. Wie ein Profischwimmer sieht das bestimmt aus. Im Schmet-terlingsstil. Also ein halber. Quasi Schmetter ohne Ling. Und als ich die Arme langsamer werden lasse, dringt eine monotone Stimme zu mir durch. Klingt ein bisschen wie die Stimme einer Hexe. Die von Hänsel und Gretel. So hab ich mir die zumindest immer vorgestellt. Als ich Kind war. Ziemlich hoch. Etwas künstlich. Dazu noch etwas kratzend.

„Flieg, Engelffen, flieg," krächzt die Hexe.

Meint die Stimme mich? Als meine Augen Antwort suchend zu der Person gleiten, der die Stimme gehört, falle ich fast vom Stuhl. Bildlich, weil ich kann ja nicht.

Etwa drei Meter von mir entfernt sitzt eine kleine runzelige Omi. Melatenblonde, akkurate Dauerwelle. Etwas buckelig. Zahnlos lacht sie mich an. Ihr Gebiss ruht in ihrem Schoß. Ihre Lippen glänzen. Scheiße, denke ich. Omi auch mit Lipgloss. Unter ihr der gleiche Rollstuhl. Gleiche Jogginghose. Gleiche Gurte.

„Wo bin ich?" frage ich die Omi.

„Waaaaaf?" schreit diese.

„Wo ich bin?" frage ich nochmal, dieses Mal etwas kräftiger.

„Du mufft ffon lauter fpreffen, Engelffen", krächzt die Omi, „mein Hörgerät ift futff."

Anstelle zu brüllen, entschließe ich mich, halbarmig Richtung Omi zu rollen. Schon nach ein paar, mühevoll errollten Zentimetern stößt mein Rollstuhl mit dem linken Rad an etwas hartes und blockiert. Erst denke ich, es ist die Karte, die jetzt mehr oder weniger direkt unter dem Rad ist. Mit der linken Ecke zumindest. Also nicht die Ursache. Dann entdecke aus dem Augenwinkel ein kleines, eckiges Röllchen. Lipgloss. Wem gehört das? Dann aus dem anderen Winkel den Text auf der Karte. Ich kneife die Augen zusammen. Der Text stellt sich scharf. Dann lese ich:

„Mein Name ist Sophie Andrea Clara Küttgens. Ich wohne im Elisabeth-Haus. Bitte rufen Sie die Nummer 0800-3755836 an und warten Sie, bis ich abgeholt werde. Achtung: Ich bin fluchtgefährdet, aber beiße nicht."

Was soll der Scheiß?

Ich fange an zu kreischen.

Omi's Kinnlade fällt vor Schreck runter und legt den Blick auf ein zahnloses, schwarzes Loch frei.

Aus dem Nichts stürmen zwei Halbstarke auf mich zu. Der eine hält meine Arme fest. Der andere rammt mir brutal eine Spritze in den Oberarm.

„Ihr blöden Wichser," nuschele ich noch, bevor mir schwarz vor Augen wird.

Ich öffne langsam meine Augen. Vor mir alles undeutlich. Konturenlos. Wie, als würde man durch Milchglas gucken. Alles, was ich sehe ist weiß. Es tut ein bisschen weh, dieses ganze weiß. Ich bin noch etwas benommen. Etwas flackert. Ein Blitz? Bin ich tot und im Himmel? Auf Wolke sieben? Als der nebelige Schleier auf meinen Augen etwas verschwindet merke ich, ich blicke auf eine weiße, gerade Fläche. Keine Wolke also. Als meine Augen weitere Teile des Raums, in dem ich anscheinend nun bin, erfassen, weiß ich: ich starre auf eine Decke. In der Mitte der Decke flackert eine bläulich schimmernde Neonröhre, die im Takt zum Flackern summt. Ein bisschen spuky. Wie in einem schlechten Horrorfilm. Ich schaue an mir runter. Ich liege völlig flach in einem Bett. Alles weiß. Die Decke. Das Bettgestell um mich rum. Und apropos weiß: ich weiß immer noch nicht oder schon wieder nicht, wo ich bin. Welcher Tag ist heute? Wo ist die Omi von eben?

Am Ende des Raums befindet sich eine weiße Tür mit einem silbernen Knauf. Ansonsten ist in dem Raum einfach nichts. Was ist das jetzt? Einzelhaft? Gummizelle? Krankenhaus? In jedem Fall kein Ort, an dem man gerne ist. Nix wie weg, beschließe ich, und versuche aufzustehen. Was nicht geht. Ich bin gefesselt. Schon wieder. Ich fasse es nicht. Das einzige, was ich bewegen kann, ist mein Kopf. Meine Handgelenke sind mit ich weiß nicht was weil unter der Bettdecke am Bett fixiert. Die Fußgelenke auch. Fühlt sich an wie Lederfesseln. Nicht, dass ich genau wüsste, wie sich das anfühlt, aber so stelle ich mir das Gefühl zumindest vor. Heilige Scheiße.

In meinem linken Arm steckt ein Venenzugang. Neben dem Bett steht ein Tropf. Langsam und stetig tropft der Inhalt in den Zulauf. Hypnotisiert schaue ich den einzelnen Tropfen zu. Plöpp-plöpp-plöpp. Als die Flasche fast leer ist, erfasst mich eine Welle aus Müdigkeit. Dann wird es schwarz.

„Sacky?"

Eine dunkle Männerstimme dringt wie durch Wolken gedämpft zu mir durch. Ich beschließe, die Augen erstmal geschlossen zu halten. Ich habe keine Lust sie zu öffnen. So kann ich wenigstens so tun, als ob ich woanders wäre. Hören will ich auch nichts. Am liebsten würde ich meine Hände auf die Ohren drücken, laut „Unterhaltungsmusik" brüllen und irgendeine Nonsense-Melodie durch den Raum trällern. Oder mich Harry-Potter-mäßig wegzaubern. Nach Hause. Oder zumindest telefonieren. Wie E.T.

Die kühle Flüssigkeit, die sich in meinem linken Unterarm breit macht, erinnert mich daran, wo ich in Wirklichkeit bin. Ich bewege mich nicht. Ich mache einen auf toter Käfer, irgendwann wird der Typ schon verschwinden. Ich habe null Bock auf Gesellschaft. Echt nicht.

„Sacky! Ich sehe, dass du wach bist. Deine Augenlider zucken." sagt die gesichtslose Stimme.

Wer oder was zum Teufel ist Sacky?

Eine Abkürzung für „Sexy Sackgesicht"? Oder Tränensack? Ich will gar nicht erst wissen, ob es einen inhaltlichen Bezug zu meinem Gesicht gibt. Die blonden Haare und Glanzlippen sind mehr als Scheiße genug. Und überhaupt: Doofes Arschloch, wieso nennt der mich so?

„Komm schon," sagt die Stimme sanft, „mach schon die Augen auf." Irgendwie finde ich diese Stimme sexy. Tief. Etwas rauchig. Erinnert mich an Sasha. Den Sänger. In den war ich mal verknallt. Wegen der Stimme. Hübscher Kerl eigentlich. Inzwischen leider etwas verfettet. Und diese transplantierten Haare sind ja auch sowas von unvorteilhaft. Blöderweise denke ich natürlich jetzt, da steht Sasha. Wer weiß…
Wenn ich schon nicht im Himmel bin, dann vielleicht wenigstens im Big Brother Haus, im neuen Shades-Of-Grey-Film oder weiß ich was. Ich sollte also doch mal nachsehen. Ich beschließe die Augen zu öffnen. Der Geist ist schwach. Aber der Wille will noch was wissen:

„Sag mir erst, wieso du mich so nennst," fordere ich bissig.

„Weil du so genannt werden willst."

„Wer sagt das?"

„Du!"

„Wieso sollte jemand wollen, mit etwas angesprochen zu werden, was klingt wie ein griechisches Na-

tionalgericht? Einmal Sacky mit ordentlich Tsatziki."
Ich höre ein unterdrücktes Lachen. Oder einen Furz. Irgendetwas gurgelndes. Ich weiß nicht so genau, weil hab ja noch die Augen zu.
„Du magst deinen richtigen Namen nicht."
„Weil?"
„…du den spießig findest! Und S, A, C und K sind quasi deine Initialien." Hört sich an wie Genitalien.
„Scheiße," fluche ich, als mir bewusst wird, dass ich mich nicht daran erinnern kann, wie ich heiße. Wer weiß, was ich da intravenös verabreicht bekomme. Anscheinend macht es mich hirnlos. Passt dann wiederum zu meiner Asi-Friese. Wieso fällt mir jetzt ein Blondinenwitz ein?
„Warum sollte eine Blondine nicht Fallschirmspringen, wenn sie ihre Tage hat?" frage ich ins Schwarze.
„Hä?" Das war der Typ.
„Weil sie an der falschen Leine ziehen könnte."
Ich lache mich schlapp. Was mit geschlossenen Augen irgendwie anstrengend ist. Egal. Ich bleibe hart. Oder auch nicht.
Als ich spontan die Augen öffne, während ich „Wofür steht S-A-C-K?" frage, entweicht mir ein unkontrolliertes „Haaar", als ich die Frisur dieses hartnäckigen Typen entdecke, der an meinem Fußende steht. Sack-Haar. Scheiße. Was sage ich da bloß? Wobei, wenn ich ehrlich bin, trifft es das ziemlich gut. Braun, klein gekräuselt. Arme Sau. Ansonsten ganz passabel. Große Nase, das mag ich. Kantiges Gesicht. Trainiert, das sieht man auch durch den weißen,

formlosen Kittel. Und ein Lächeln wie in der Zahnpastawerbung. Absolut entwaffnend. Ich werde rot. Da steht so ein gut aussehender Typ vor mir, ich bin nicht nur völlig typentfremdet, sondern liege zu allem Übel auch noch angekettet im Bett. Das Leben kann so ungerecht sein.

„Kennen wir uns?" frage ich und versuche gleichzeitig so sexy wie möglich zu lächeln. Zumindest diese Waffe habe ich noch

„Kann man so sagen."

„Aha…und dein Name war nochmal?"

„Tim…Stürmer."

„Tim…," überlege ich, „Tim….Tim." Und während ich überlege, mache ich anscheinend ein ziemlich nachdenkliches Gesicht und ziehe dabei die Augenbrauen nach unten. Ich stelle fest: super, so, also mit den runtergezogenen Augenbrauen, sieht man die Schamhaarmatte nicht. Quasi ausgeblendet. Sichtschutz. Jetzt ist er perfekt. Zumindest optisch.

„Ich kenne keinen Tim," sage ich. Tue ich wirklich nicht. Der Typ will mich augenscheinlich verarschen.

„Du heißt Sophie," sagt er, ohne dass ich gefragt habe. Sophie, wiederhole ich mit meiner inneren Stimme, klingt doch gar nicht so übel, S-O-P-H-I-E. Überhaupt nicht spießig, so ein Quatsch. Auf Sophie reimt sich schließlich „Fick dich ins Knie".

„Sophie Andrea Charlotte Küttgens," sagt Tim. Nun ja, in dem Fall sieht die Sache schon wieder ganz anders aus. Und noch während ich überlege, was sich auf Andrea reimen könnte, spüre ich, wie sich in meiner rechten Hosentasche die Karte an meinen Oberschenkel drückt. Und zumindest funktioniert mein blondiertes Gehirn noch so gut, dass ich mich daran erinnern kann, was auf der Karte stand.

„Alter Falter," sage ich ziemlich laut, „ich wohne HIER?"

2. Kapitel

„Was zum Teufel machst du da?" fragt Tim, nachdem er mir eine ziemlich bescheuerte Geschichte meiner angeblichen letzten 3 Wochen aufgetischt hat.

Das Wort Teufel passt in dem Zusammenhang ziemlich gut. Denn ich bewege mich ziemlich hektisch. Reiße meinen Oberkörper so weit es geht nach links, nach rechts, nach links und nach rechts. Vermutlich sehe ich aus wie das Mädchen aus der Exorzist während eines Austreibungsversuchs. Ich tue das, weil ich versuche, so viel wie möglich im Raum zu erblicken und diese kleine schwarze Linse zu entdecken. Ich recke und strecke meinen Oberkörper in alle möglichen Richtungen und werde dabei ganz schön von meinen fixierten Gliedmaßen gebremst. Ich muss extrem an den Fesseln reißen, um überhaupt irgendetwas unterhalb der Bettkante zu sehen. Die Fesseln reiben und reißen an meiner Haut. Das fühlt sich an wie Brennesseln. Also die, die man als Kinder immer gemacht hat. Wenn man einen Unterarm mit beiden Händen packt und die Hände dann entgegengesetzt dreht. Nach hinten umdrehen kann ich mich leider gar nicht. Also keine Ahnung, was hinter mir ist. Und weiß ich, was sich da unterhalb meines Fußendes befindet. Auch das kann ich nicht sehen. Hoffentlich keine weißen Tennissocken in Birkenstocks. An diesem Spasti von Tim meine ich. Wobei Birkenstocks ja seit 1 oder 2 Jahren wieder ganz hip sind. Also ohne Socken. Mit Zehentrenner. Und natürlich nicht für Männer. Und für Fettfüße auch nicht. Also adipöse.

„Jetzt sag schon, wo die Kamera ist." sage ich leicht säuerlich. So langsam finde ich das nicht mehr witzig. Ich bin ja grundsätzlich für jeden Scheiß zu haben. Aber irgendwann muss auch mal gut sein.

„Die brauchen wir hier nicht. Nur in den Freizeiträumen, in denen sich die Patienten frei bewegen." sagt Tim.

Das muss ich ihm lassen. Er spielt seine Rolle ziemlich überzeugend. Nicht schlecht für so einen Dorftheater-Schauspieler. Verzieht keine Miene. Nur der Text klang ein bisschen sehr auswendig gelernt, da könnte er nochmal dran feilen.

„O.k., du kannst den Guido jetzt holen." sage ich gespielt gelangweilt, damit er endlich peilt, dass ich die ganze Szene hier durchschaut habe. Sicherheitshalber rolle ich noch mit den Augen.

„Guido?" fragt Tim und legt dabei den Kopf etwas schief. Jetzt staune ich doch. Mensch ist der gut. Spätestens nach meiner Frage hätte ich mich an seiner Stelle mit einem Lachkrampf auf dem Boden gerollt und die Szene aufgelöst.

„Deinen Chef, meine ich. Von mir aus auch Paola. Der Felix ist ja schon weg vom Fenster."

„Die arbeiten hier nicht," sagt Tim sachlich und sieht mich dabei äußerst skeptisch an.

„Das ist mir klar," sage ich „Paola ist in Rente, Felix ist tot, aber der Cantz könnte mal antraben. So langsam VERSTEHE ICH KEINEN SPAß mehr." Ich winke also quasi mit einem monstergroßen Zaunpfahl.

Tim macht einen ernstes Gesicht. Dann zückt er ein Telefon. Und wählt eine kurze Nummer. Na bitte, geht doch.

„134, bitte" sagt Tim kurz und legt wieder auf.

Das nenn ich mal ein kurzes Gespräch. War da jetzt der Guido dran? Die Regie? Ein Hiwi? Und was bedeutet diese Zahl wohl? Ein Code? Vermutlich heißt sie ‚Szene aufgeflogen' oder so! Nervös schüttele ich meinen Kopf. Ein verzweifelter Versuch, meine vermutlich inzwischen ganz zerstörte Frisur, insofern man diese vertrockneten Fussel überhaupt so nennen kann, ein bisschen in Form zu werfen. Schließlich steht in wenigen Minuten Guido Cantz vor mir. Da will ich schließlich nicht wie ein Vollidiot aussehen.

Währenddessen tritt Tim näher an den Tropf.

Na also, zumindest den Scheiß macht er schon mal ab, denke ich. Die hätten das Kochsalz auf weglassen können. Ganz schön krass, dass die mir für diese Szene einen Venenzugang gelegt haben. Ob das nicht schon Körperverletzung ist? Muss man nicht irgendetwas unterschreiben, bevor einem eine Nadel in die Vene gerammt wird? Völlig übertrieben, ich hätte den Mist auch so geglaubt. Was ich noch nicht verstehe, wieso mir jemand die Haare gefärbt hat. Und vor allen Dingen wie? Normalerweise kriegt man so eine Blondierung doch mit. Erstens stinkts. Zweitens dauerts, mindestens 30 Minuten Einwirkzeit. Was haben mir die Arschlöcher gespritzt, damit ich von alledem nichts mitbekomme? Oder hat mir jemand heute morgen K.O.-Tropfen in den Kaffee geschüttet? Wer hat mich gegen meinen Willen hierhin geschleppt? Vielleicht wurde ich ja entführt? Eins ist klar: Sobald der Mist hier vorbei ist, werde ich meinen Anwalt anrufen. Ich hoffe, ich finde meine Advo-Card. Habe ich überhaupt eine?

Als Tim den Aufdruck auf dem Tropf studiert und dabei die Flasche ein wenig in meine Richtung dreht, kann ich kurz einen Blick auf das Etikett werfen. Ich weiß nicht wieso, aber ich kann mich erinnern, dass die Abkürzung für eine Kochsalzlösung NaCl ist. Auf der Flasche steht aber nicht NaCl. Und überhaupt habe ich keine Ahnung, was das ist.

„Was ist da drin?" brülle ich Tim an.

Anstatt mir zu antworten, schlurft Tim zurück zum Fußende und dreht sich dann langsam zu mir rum. Anscheinend war ich etwas zu laut und Tim „Schlurfi" (weil Stürmer passt bei dem Tempo ja gar nicht) bringt sich erst in Sicherheit, bevor er antwortet. Gut so, sonst hätte ich ihn zwischenzeitlich möglicherweise bereits angespuckt. Ich bin so heiß wie ein Vulkan, la-la-la-la, und manchmal spucke ich dich an…

„Das ist ein sehr starkes Beruhigungsmittel." sagt Tim.

„Beruhigungsmittel? BERUHIGUNGSMITTEL? Ich bin verdammte Scheiße nochmal an dieses verfickte Bett gefesselt!" brülle ich so laut, dass mir ein paar

Spucketröpfchen aus dem Mund fliegen. Kleinerer Vulkanausbruch. „Wieso braucht jemand, dessen gesamter Körper fixiert ist, Beruhigungsmittel? Ich bin quasi lahmgelegt. Seit ihr denn völlig hirnverbrannt?"

O.k., ich gebe es ja zu, von außen betrachtet bin ich gerade alles andere als ruhig. Um ehrlich zu sein, auf 180. Ich merke, dass in meinem Kopf eine Ader pocht. Die am Hals sind vermutlich auch ziemlich angeschwollen. Mein Gesicht brennt irgendwie. Vermutlich, weil mein Kopf vor Wut ziemlich rot angelaufen ist.

„Weil du heute morgen wieder einen Anfall hattest," sagt Tim.

Wie auf Knopfdruck ändert sich etwas in mir. Was bisher sowas wie Genervtheit, Ungeduld, sich verarscht fühlen war, kippt plötzlich in Unsicherheit, Entsetzen und ein bisschen Angst. Der Vulkan erlischt und stülpt sich nach innen.

„Einen Anfall?" hauche ich mit ziemlich dünner Stimme.

Tim nickt.

„Nach dem Frühstück. Du warst in deinem Zimmer. Die Pfleger hörten dich plötzlich schreien. Und etwas, das klang, wie zerspringendes Glas. Als sie dein Zimmer betraten, warst du gerade dabei, dich mit den Glassplittern des Bilderrahmens, den du offensichtlich vorher gegen die Wand geschmissen hattest, zu verletzen."

Ich habe mich selbst verletzt? Ich verstehe nur

Bahnhof. Welches Bild überhaupt? Was soll diese Geschichte jetzt? Ich würde mir doch niemals….

Und dann spüre ich es.

Oh mein Gott.

Dieses brennen im Gesicht.

Ich habe mich selbst verletzt… hallt es in meinem Kopf nach.

Wieso sollte ich sowas tun?

„Moment mal," sage ich „heute morgen war ich in diesem anderen Zimmer. Mit der Oma. Die ohne Zähne und Hörgerät."

„Das war gestern." sagt Tim.

Gestern? Das kann nicht sein. Wieso weiß ich denn nicht mehr, was dazwischen war. Wo ich war. Oder nicht war. Und wieso weiß ich nicht, wie lange ich schon hier bin. Wieso erkenne ich den Typen nicht, der behauptet, mich zu kennen. Und wieso wollte ich mich verletzen.

„Was habe ich mir angetan?" Eine Träne rollt unkontrolliert über mein Gesicht. Eine Träne aus Wut und Verzweiflung. Auf Höhe der Wange brennt diese einzelne Träne plötzlich wie Feuer. Eine Vermutung schiebt sich langsam in mein Bewusstsein. Eine Vermutung, die ich nicht wahrhaben will.

„Du hast dir mit einer Scherbe ins Gesicht geritzt. Ein Kreuz. So als wolltest du dein Gesicht durchstreichen. Dr. Humpert vermutet, dass du dein Gesicht nicht erkannt hast. Das kommt manchmal vor, in deinem Zustand, meine ich. Und du bist hin und wieder ziemlich aggressiv. Zum Personal. Zu Leuten, die du noch nie zuvor gesehen hast. Zu dir selbst. Dr. Humpert hat gesagt, das wird schon wieder. Es braucht eben seine Zeit, verstehst du."

Tim guckt mich mitfühlend und aufmunternd an.

In meinem Kopf purzeln Fragezeichen durcheinander. Ich kann plötzlich nicht mehr klar denken. Mir wird heiß.

Dann öffnet sich die Zimmertür.

Ich wusste schon vorher, dass da kein Guido Cantz auftauchen wird. Stattdessen ist es ein kahlköpfiger, bebrillter Eierkopf. Durchschnittshässlichkeit würde ich sagen. Wie Männer über 50 ohne Haare halt so aussehen. An seinem weißen Kittel hängt ein Namensschild. In einem kleinen Plastikrahmen. Dr. Andreas Humpert steht da. Und darunter: Psychiater.

Ich schlucke.

Und denke: Scheiße.

„Hallo, Sophie," beginnt Dr. Humpert freundlich, „nicht so einen guten Tag erwischt heute, mmh?"

Ich lächle gequält.

„Das Beruhigungsmittel wird in ein paar Minuten Wirkung zeigen. Dann können sie zurück in ihr Zimmer. Herr Stürmer wird sie begleiten." sagt Dr. Humpert. „Ich denke, sie kommen jetzt soweit zurecht, Herr Stürmer?" Dr. Humpert blickt Tim an. Der wiederum lässt mich nicht aus den Augen und nickt stumm.

Und ich weiß gerade gar nichts mehr. Außer, dass ich wohl nicht von „Verstehen Sie Spaß" verarscht wurde.

3. Kapitel

Entsetzt sehe ich im Spiegel mein zerkratztes Gesicht. Die Wunden sind nicht tief. Wenn ich Glück habe, wird es gut verheilen und nach einer Weile wird man nichts mehr davon sehen. Für den Moment fühle ich mich entstellt. Man wird mich anstarren. Jeder wird es sehen. Mit der stimmt was nicht. Tuschelnde Köpfe die zusammengesteckt sind. „Meine Güte, sieh doch bloß, die hat sich ihr Gesicht zerschnitten." Der Versuch, das zu ignorieren, wird scheitern. Man sieht immer das, was man auf gar keinen Fall sehen will.

Ich bin seit etwa einer Stunde in meinem Zimmer. In meinem Zimmer in zweifacher Hinsicht. Zum einen ist es das Zimmer, in dem ich seit angeblich drei Wochen wohne. Zum anderen steht dieses Zimmer voll mit den Möbelstücken, die in meinem Jugendzimmer standen, bis ich mit 22 von zu Hause ausgezogen bin. Quasi eine Nachbildung meines Zimmers im Haus meiner Eltern. Natürlich ist die Anordnung etwas anders. Ein bisschen fühle ich mich wie mit 16. Erinnerungen, die ich im Moment nicht haben möchte, kommen in mir hoch. Ich drücke sie weg. Knips.

Ich sitze seit einer gefühlten Ewigkeit im Rollstuhl vor meinem alten Schminktisch. Er ist aus weißem, massiven Holz. Etwas altmodisch. Verschnörkelt. Ich bin nicht in der Lage, mich zu bewegen. Mein Körper ist quasi erstarrt. Ich brauche keine Fesseln mehr. So oder so nicht. Auf der anderen Seite mein Gehirn, das gerade mit 180 über eine Autobahn rast, in dem Versuch, das, was in den letzten Stunden passiert ist, irgendwie zu sortieren.

„Du hattest einen schweren Autounfall," hatte Tim mir gesagt, nachdem er mich im Rollstuhl zurück in mein Zimmer geschoben hatte. Ich stand am Fenster, schaute nach draußen in den angrenzenden Park. Tunnelblick. Ich nahm nicht wirklich wahr, was um mich geschah. Sah nur eine grüne, verklumpte Masse. Versuchte mich auf das zu konzentrieren, was Tim mir da sagte. Unter meiner Haut kribbelte es. Mein Gefühl sagte mir, dass er die Wahrheit sagte. Und ich wusste nicht, ob ich bereit war, das alles zu erfahren. Schließlich war ich gerade erst aufgewacht, aus meinem Dornröschen-Schlaf, oder was immer das auch gewesen sein mochte. Tim saß leicht nach vorne gebeugt auf meinem Bett. Starrte auf den Fußboden. Mit klopfenden Herzen lauschte ich seinen Worten und versuchte verzweifelt, Bilder zu seinen Worten in meinem Raupengehirn zu finden.

„Du hattest keine größeren Verletzungen, keine Knochenbrüche oder inneren Blutungen. Aber du hattest ein schweres Schädel-Hirn-Trauma. Die Ärzte hatten entschieden, dich zunächst im künstlichen Koma zu lassen, damit dein Gehirn sich erholen kann."

Mir blieb die Luft weg. Etwas drückte mir plötzlich auf den Brustkorb. Gleichzeitig ein stechender Schmerz. Als ich hörbar tief einatmete, um dem Druck etwas entgegenzusetzen, ihn aufzulösen, rede-

te Tim einfach weiter. Ließ mir keine Zeit, hinterher-
zukommen, so als wäre er froh, mir endlich alles sagen zu können. Er redete wie Sprudelwasser. Alles
blubberte aus ihm heraus.

„Sie haben dich etwa einen Monat schlafen lassen.
Als deine Werte soweit stabil waren, hat man dich
langsam aufwachen lassen. Rein körperlich ging es
dir soweit gut, aber psychisch warst du ganz schön
im Arsch. Du warst ziemlich wütend, hast nur mit
Sachen um dich geworfen. Essen verweigert. Völlig
dicht gemacht. Und nie etwas gesagt. Keinen Mucks.
Eine Weile wussten die Ärzte nicht, ob du eventuell
gar nicht mehr sprechen konntest. Sie vermuteten
schon, dass der Teil deines Gehirns, der das Sprechen steuert, eine Schädigung davon getragen hatte.
Nach ein paar Tagen haben sich deine körperlichen
Wutausbrüche beruhigt. Dafür hast du dann verbal
echt alles fertig gemacht, was dir in die Quere kam.
Du hast nicht viel von dir gegeben, aber das, was du
sagtest, war ziemlich daneben.“

„Was heißt das?“ Will ich das überhaupt wissen.

„Naja,“ ich hörte, wie Tim lächelte als er weiter-
sprach, „Du hast dem Personal neue Namen gegeben.
Den Oberarzt nanntest du zum Beispiel „Dr. Quasi-
modo“, die Nachtschwester „Misses Blasmaul“.

Ich wurde rot. Ich schämte mich, für mich selbst.
Und gleichzeitig fiel es mir schwer, zu glauben, dass
ich in echt diese Ausbrüche hatte. Ich, deren zweiter
Vorname „Missös Kontrolle“ hätte sein können. Vielleicht sollte ich einen Entschuldigungsbrief an das

Personal des Krankenhauses schicken. Oder hoffen, dass ich die Leute nie wieder sehen würde. Man sieht sich nicht unbedingt immer zweimal im Leben.

„Die Scheiße ist, ich kann mich wirklich an gar nichts mehr erinnern. Also ich meine, als ich wieder wach war, nach dem Koma. Ich verstehe das nicht."

„Das Gehirn ist ziemlich komplex. Wahrscheinlich werden die Ärzte nie wirklich alles das verstehen, was das Gehirn für Verrenkungen anstellen kann. In deinem Fall ist klar, dass du eine vorübergehende Amnesie hast. Das ist wohl nichts ungewöhnliches, nach einem Unfall. Was die Ärzte noch nicht wissen, warum du immer wieder aufwachst und dich nicht an den vorangegangen Tag erinnern kannst."

„Du meinst, wie in dem Film „Und täglich grüßt das Murmeltier?"

Tim nickte.

„Die Ärzte hatten mit deinen Eltern gesprochen, dass es hilfreich sein könnte, wenn du hier wie in deiner gewohnten Umgebung wohnst, damit du dich ein bisschen zu Hause fühlst. Deine Eltern hatten dein Zimmer, seit du ausgezogen bist, nicht verändert, also war es das Naheliegendste, die Möbel hierhin zu schaffen. Ich hoffe, du fühlst dich einigermaßen wohl."

Ich nickte stumm. Ohne zu wissen, ob ich das wirklich tue.

Als Tim aufstand und mir eine Hand auf die Schulter legte, spürte ich eine seltsame Nähe. Seltsam, weil ich ihn doch erst seit heute kannte. Also zumindest bewusst. Vielleicht war es auch einfach Dankbarkeit. Jemanden zu haben, der an meiner Seite ist. In einer Phase, in der es darum geht zu erinnern, was passiert ist.

Vielleicht würde ich auch morgen aufwachen und mich an alles erinnern. An heute und an Vergangenes. Und nicht wieder von vorne anfangen müssen. Die Hoffnung stirbt zuletzt. Bevor Tim ging, sagte er noch, ich solle mir Zeit geben und keine Sorgen machen. Für den Fall, dass sich mein Zustand nicht bessern würde, sprich, mein Gehirn diesen Vakuumstatus nicht verlassen könnte, gäbe es einen Plan B. „Am Ende wird alles gut, weißt du," sagte er noch, „und wenn es nicht gut ist, dann ist es auch nicht das Ende."

Ich hatte das schon mal irgendwann gehört, dieses Zitat von Oscar Wilde.

4. Kapitel

Ich werde wach, weil die Sonne durch einen Spalt von meinen Blümchen-Vorhängen volle Möhre aufs Gesicht scheint. Als ich mich wegdrehe, fällt mein Blick auf diese laminierte Karte. Noch einmal lese ich was auf der Karte steht.

Sophie Andrea Charlotte Küttgens. Das ist mein Name. Ich weiß es noch. Nicht Sacky oder sonst was. Ich kann kaum glauben, dass ich so genannt werden wollte. Ich bin kein Freund von Spitznamen. Mein anderes, hirnverknotetes Ich anscheinend schon. Wer bin ich und wenn ja wie viele? Schönen Gruß an Herrn Precht. Ich habe das Buch nie gelesen.

Gestern war der Tag, an dem ich „aufgewacht" bin. Aus einer Zeit, an die ich keinerlei Erinnerung habe und das glauben muss, was man mir erzählt. Zeit des Erwachens. Soweit, so gut. Jetzt beginnt die Zeit des Entdeckens und Erinnerns. Ich werde nie wirklich wissen, ob mir jemand Quatsch erzählt, wenn ich mich nicht erinnern kann. Kurz denke ich darüber nach, was sich alles für Türen öffnen könnten, wenn ich sagen kann „Weiß ich nicht mehr". Ich werde das im Hinterstübchen behalten. Insofern das geht.

Ich bin in diesem Elisabeth-Haus. Ich bin wohl nicht mehr fluchtgefährdet. Ein bisschen bissig bin ich wohl nach wie vor, zumindest verbal. Ab und zu werde ich mir auf die Zunge beißen müssen.

Gestern war ich noch ruhig gestellt. Heute bin ich ruhig. Ich hoffe, ich werde keinen Rückfall haben.

Ich weiß nicht mal, ob es einen Rückfall gegeben hat oder ob ich einfach chronisch weg war. Fortschrittslos. Ich kann mich nicht erinnern.

Ich habe keine Angst. Denn als Dr. Humpert gestern Abend nochmal in mein Zimmer kam, war er sehr zuversichtlich.

„Es freut mich zu sehen, dass sie offensichtlich zurück sind." Er tätschelte meinen Oberschenkel. Ich fand das etwas pfui, sagte aber nichts. Dachte nur, er ist das optische Pendant zu diesem Tim Sack-Haar: Mr. Fleischmützchen. Oder „Tim Brasilian". Ein bisschen wie „Dick und Doof". Ok, ich mag Spitznamen irgendwie doch. So kann ich mir die Namen besser merken. Ganz schön clever, diese Eselsbrücken. Zumindest für jemanden mit meiner Vergangenheit. Ich lächelte freundlich.

„Überstürzen sie jetzt bitte nichts. Sie sollten die Dinge langsam angehen lassen. Es ist eher ungewöhnlich, dass es ihnen plötzlich so gut geht. Normalerweise ist es ein Prozess, bei dem es langsam aber stetig bergauf geht."

Ja, es geht mir wirklich gut. Mein Kopf fühlt sich plötzlich sehr klar an. Außerdem bin ich überrascht, wie fit mein Körper sich anfühlt, wo ich mich doch offensichtlich so lange nicht wirklich viel bewegt habe. Der Körper ist sicherlich nicht das Problem, allerdings würde ich dieses Raupenhirn natürlich schnellstmöglich gerne wieder gegen mein altes eintauschen. Dr. Humpert hat mir dann allerdings erstmal eins mit dem Holzhammer verpasst.

„Ich möchte ihnen keine falschen Hoffnungen machen, Sophie. Ich kann ihnen auch definitiv nicht sagen, wann die Erinnerungen wieder kommen. Das ist im Prinzip völlig unberechenbar."

Na toll. Abwarten und Tee trinken. Und in der Zwischenzeit?

„Sie können natürlich gerne unterstützende Maßnahmen ergreifen. Manchmal hilft das. Wir bieten hier im Haus einige angeleitete Übungen an, die ihnen helfen könnten. Sobald sie sich körperlich dazu in der Lage fühlen, sollten sie unsere Beratungsstelle im Erdgeschoss aufsuchen. Die Kollegen werden ihnen gerne ein auf sie speziell zugeschnittenes Programm ausarbeiten. Wir haben hier zum Beispiel sehr gute Erfahrungen mit künstlerischen Projekten gemacht. Manchmal kommen darüber einige Erinnerungen wieder, wissen sie?"

Ich schaue auf die Uhr. 5:53 Uhr. Ich beschließe, dass es eine prima Zeit ist, um sich umzusehen. Außer diese schrecklich weißen Räume und meinem Zimmer kenne ich hier noch nichts. Und um diese Uhrzeit könnte ich Glück haben, dass alle anderen noch schlafen. Ich habe keinen Bock auf mitleidvolle Blicke. Vorsichtig setze ich mich erstmal auf. Die Beine baumeln über der Bettkante. Kein Schwindel. Das ist gut. Als ich aufstehe, berühren meine nackten Füße meinen alten, grauen Würmchenteppich. Nach schlechten Horrorfilmen hatte ich manchmal Angst, die Zotteln könnten zu Würmern mutieren und meine Haut anfressen. Deswegen nannte ich den fortan so. Ich schmunzele bei dem Gedanken daran und freue mich gleichzeitig, dass ich mich daran erinnere. Ich beschließe, dass der Bärchen-Schlafanzug für meinen frühmorgendlichen Rundgang reicht. Ich will keine Zeit fürs Ankleiden verlieren. Beim Blick in den Spiegel wird mir klar, noch tiefer kann ich nicht sinken. Wasserstoffblond, zerschlissene Visage und Kinderschlafanzug in Erwachsenengröße. Was soll's, ich war schließlich noch bis gestern offiziell eine Irre.

Vorsichtig stecke ich den Kopf aus der Tür. Links und rechts ein langer Gang. Etwas steril. Grauer Boden, weiße Wände. Endlos viele Türen mit silbernen Nummern. Wie einladend. Da wirkt mein Kinderzimmer doch tatsächlich wie eine Oase. Plüschig-blumig-schnörkeliges Kontrastprogramm. Mit nackten Füßen tappsel ich geräuschlos an den Türen vorbei. Die Tür mit der Nummer 129 steht offen. Vorsichtig spinkse ich um die Ecke und sehe „die" Oma. Kopfüber hängt sie über einem Blumentopf und wühlt etwas unbeholfen in der Pflanze. Als ich weitergehen will sehe ich, wie ihr Gebiss in den Blumentopf plumpst. Offensichtlich hat sie ein Haftcremeproblem. Ob das Hörgerät da noch liegt? Da sie alleine ist, beschließe ich, ihr beim Suchen zu helfen. Erst, als ich neben ihr stehe, schaut sie auf.

„Engelchen."

Zahnlos strahlt sie mich an. Ich glaube, ich habe noch nie so viele Falten in nur einem Gesicht gesehen. Die würden auch für einen ganzen Körper reichen. Und trotzdem oder gerade deswegen sieht die Omi zum Knutschen aus. Bevor ich etwas sage, drückt sie sich an mich. Ich spüre jeden ihrer Knochen.

Sie ist so klein und zerbrechlich. Ihr Kopf reicht gerade so bis unter meine Brustfalte.

„Ich helfe ihnen suchen," sage ich.

„Du wolltest mich besuchen?" fragt sie, etwas nuschelig.

„Ich meine ihre Zähne." sage ich.

„Ich hab dich auch ganz gerne." krächzt sie.

„Haben Sie denn ihr Hörgerät?" frage ich.

„Nein, Engelchen, es ist noch nicht zu spät." sagt sie. Ich fühle mich wie bei einer Unterhaltung der tauben DJ's. Was soll's, schnell habe ich Zähne und Hörgerät aus dem Blumentopf gefischt. Als ich ihr beides reiche, spitzt die Lippen und streckt sie mir erwartungsvoll hin. Ich hatte es befürchtet.

„Mache ich Ihnen etwa immer Gloss auf die Lippen?"

„Pfui," sagt sie, „ich fasse dir auf keinen Fall an die Titten." Sie schaut mich entsetzt an, schlurft gebückt in ihren Frotteepantoffeln an mir vorbei und knallt die Tür ihres Badezimmers zu. Als ich am Badezimmer vorbeigehe, höre ich noch, wie sie laut fragt: „Wo ist denn meine Haftcreme?" Ich beschließe zu gehen, bevor die Omi noch mehr falsch versteht und sage zu mir selbst: „Paris, Athen, auf Wiedersehen." So rum ist's besser.

Ich betrete das Erdgeschoss. Relativ stylish eigentlich. Hat ein bisschen was von einem modernen Hotel. Viel grau, viel weiß, vereinzelt etwas dunkles Holz. Ein paar wahllos platzierte Grünpflanzen. Ein bisschen wie im Impressionen Katalog. Aber ohne den ganzen Dekoschnickschnack. Sehr hell, die Front besteht komplett aus Fenstern. Als ich an die Theke trete, öffnet sich die gläserne Schiebetür. Warme Luft strömt mir entgegen. Es ist Sommer, das hatte ich noch gar nicht mitbekommen, irgendwie. Ich höre einen gedämpften penetranten Piepston. Vielleicht ein Wecker von irgendjemandem. Auf der Theke liegt ein Stapel mit Flyer. Titel: „Willkommen im Elisabeth-Haus." Darunter ein Gruppenfoto der Mitarbeiter. Ich entdecke Fleischmützchen und Mr. Sackhaar. Den Rest habe ich noch nie gesehen. Ich überfliege schnell den Text. Und lese Passagen wie „speziell ausgerichtet auf die Bedürfnisse unser Alzheimer und demenzkranken Patienten", „automatisches Schließsystem für maximale Sicherheit" und „24-Stunden-Pflegedienst". Irgendwie wusste ich es schon, dennoch muss ich kurz schlucken, als mir bewusst wird, wo ich hier gelandet bin. Und das ich hier eigentlich gar nicht hingehöre. Fehlplatziert. Und irgendwie auch nicht. Zumindest werde ich den Altersdurchschnitt enorm anheben.

Aus der Ferne nähert sich ein Quietschen. Da kommt wohl jemand. Mist! Ich versuche, mich so gut es geht hinter der Palme zu verstecken. Sicherheitshalber ziehe ich den Bauch noch ein. Und erstarre zur Salzsäule. Ich weiß nicht, wie ich darauf komme, dass mich das unsichtbar macht. Ich kann nur noch hoffen, dass das Quietschen von jemandem kommt, der blind ist.

„Guten Morgen, Frollein."

Scheiß Bärchen-Muster, ich wurde entdeckt. Kurz denke ich darüber nach, ob es einen camlouflagierten Schlafanzug gibt. Sollte man haben, wenn man nachts oder früh morgens ungesehen irgendwo hin will. Zumindest im Wald. Für drinnen bräuchte man eher einen mit einem aufgedruckten Bücherregal. Oder so. Das Quietschen kommt näher und gehört zu einem älteren Herrn, der Fred-Feuerstein-mäßig seinen Rollstuhl vorwärts bewegt. Vor der Palme bleibt er stehen.

„Sind Sie für die Einläufe zuständig?"

Ich schüttele tonlos den Kopf.

„Ich hab schon so oft geklingelt und wenn nicht bald jemand kommt, kommt die Scheiße oben raus."

Abrupt dreht er um und quietscht davon. Ich bleibe noch eine Weile stehen und entdecke aus dem Augenwinkel eine Tafel. So was wie ein schwarzes Brett. Eine Magnetwand mit vielen Zetteln. Als zwei von diesen weißen Männer auf mich zurennen, lese ich gerade noch „Malatelier nach Arno Stern" und darunter „Täglich von 10-12 Uhr im Kunstraum im Erdgeschoss". Dann habe ich auch schon die Arme auf dem Rücken und werde etwas ruppig von zwei Herren abgeführt. Ich weiß nicht, wieso niemand redet. Meine Beine baumeln in der Luft. Mensch, sind die stark.

„Du wolltest abhauen?" fragt Tim mich etwa eine halbe Stunde später, als er an meinem Fußende steht.

„Abhauen? Wer sagt das?"

„Da muss niemand was zu sagen, Sophie. Du warst in aller Herrgottsfrühe in der Lobby und hast die Tür geöffnet."

„Habe ich nicht, die ist von alleine aufgegangen. Und ich wollte nicht abhauen, ich habe mich nur umgesehen."

„Sophie," oberlehrerhafte Stimme, „das ist ein Heim für Alzheimer und demenzkranke Patienten. Es gibt ein automatisches Schließsystem. Hier kommt keiner raus, es sei denn, er kennt den Code für die Schließanlage. Also, woher hast du den Code?" Böse Stimme jetzt.

„Ich habe den Code nicht, ich sage doch, die Tür ist von alleine aufgegangen."

Tim macht Chinesenaugen. Dann klingelt sein Telefon.

„S t ü r m e r ." G e n e r v t e   S t i m m e .
„Mmh….ja….aha….verstehe….o.k." Klick, aufgelegt. Sein Gesicht entspannt sich. „Die Schließanlage hatte wohl eine Störung. Sie wird wohl gerade repariert. Kurzum…ich glaube dir."

„Na toll," jetzt ich genervt „das ist ja ein prima Arzt-Patient-Vertrauensverhältnis."

„Ich bin nicht dein Arzt."

Ach…

„Sondern?"

„Mmh…sagen wir…"

Lange Pause. Augen rollen unsicher hin und her.

„Jetzt sag schon!"

„Sowas…wie…jemand…der gut auf dich aufpasst."

„Krasse Scheiße. Bin ich berühmt?"

„Nein."

„Hat hier jeder Insasse einen Bodyguard."

„Ehrlich gesagt, bist du die Einzige."

„Und warum?"

„Es ist zu deiner eigenen Sicherheit."

„Also ehrlich gesagt fühle ich mich in einem Haus, aus dem man eigentlich nicht alleine raus kommt, wenn die Scheiß-Tür nicht zufällig im Arsch ist, ziemlich sicher. Zumal man ja hin und wieder vom freundlichen Pflegepersonal ans Bett gefesselt wird." Ich reiße demonstrativ an diesen Drecksfesseln. Die Security-Menschen hatten entschieden, dass flucht-gefährdete Insassen die brauchen.

„Ach, was soll's, früher oder später würdest du es eh erfahren. Also gut: Deine Eltern können besser schlafen, wenn sie mich an deiner Seite wissen."

Wütend ziehen ich meine Augenbrauen zusammen. Meine Eltern also. Meine Scheiß-Helikopter-Eltern.

„Meine Eltern bezahlen dich dafür, dass du bei mir babysittest?" Wieder wütende Stimme. Dieses Mal meine.

„Sophie," Tim ganz sanft, „deine Eltern machen sich tierische Sorgen. Es ist doch nur…"

„Ja, ich weiß, zu meinem Besten." Irgendwie fühle ich mich, als sei ich immer noch 16. Was mich völlig abgefuckt. Gleichzeitig habe ich das dringende Bedürfnis, meine Eltern zu sehen. Die müssen durch die Hölle gegangen sein, in den letzten Wochen. Ihr einziges Kind in so einem Zustand zu sehen muss furchtbar sein.

„Ich habe deine Eltern angerufen," sagt Tim, „sie kommen heute Nachmittag vorbei. Ich hoffe, das ist o.k. für dich?"

5. Kapitel

Von meinem Platz unter der Birke schaue ich auf das U-förmige Gebäude. Im Innenhof tummeln sich die Grauhaarigen an den Bistrotischen. Kaffeezeit. Stimmengemurmel dringt zu mir durch. Die Luft ist mild. Ein paar Vögel fliegen vorbei. Die Blätter rascheln. In der Ferne hat jemand einen Hustenanfall. Bröckelhusten. Ich sitze auf einer dieser Rund-um-den-Baumstamm-Bänke. Ich fühle mich frei, obwohl ich natürlich den Maschendrahtzaun irgendwo hinter meinem Rücken förmlich fühlen kann. Er drückt und bedrückt von hinten. Ich bin eingesperrt. Irgendwie. Eine Weile in mir selber. Oder wie auch immer man diesen Zustand der absoluten Amnesie beschreiben soll. Und jetzt in diesem Altenbunker. Ich will hier raus. So schnell wie möglich. Andernfalls dauert es nicht mehr lange, bis ich jemandem die Fresse poliere. Idealerweise diesem Aufpasser Tim. Der ist schließlich eh ständig da und so langsam nervt er. Oder ich rasiere ihm sein Kopf-Schamhaar ab. Irgendwie sowas.

Ich warte auf meine Eltern. Meinen Babysitter habe ich vor etwa einer Stunde weggeschickt. Ich wollte hier draußen einfach mal eine Weile alleine sein. Ich schließe die Augen. Blende alles um mich herum aus. Ich atme ruhig. Lehne mich zurück. Ich hoffe, ich habe meine Wut im Griff, wenn ich meinen Eltern gegenüberstehe. Ich spüre, dass sich diese Wut auf Tim in erster Linie gegen meine Eltern richtet. Ich verstehe nicht, wie sie es fertigbringen konnten, mich in dieses Altenheim abzuschieben. Wieso konnte ich nicht einfach im Krankenhaus bleiben, bis ich wieder völlig gesund bin. Oder zu Hause betreut werden, von einem Pflegedienst oder so. Eine Frage des Geldes kann es schließlich wohl kaum sein.

Als ich meine Augen öffne, erkenne ich sie schon von Weitem über den Rasen auf mich zukommen. Papa mit seinen O-Beinen, um die seine helle Stoffhose mit jedem Schritt schlackert. Die Hände leger in den Hosentaschen. Dunkles Poloshirt. Mama mit ihrem knielangen, dunkelblauen Bleistiftrock, Nylonstrumpfhose und schwarzen Pumps. Seit ich denken kann trägt Mama Nylons, Sommer wie Winter. In jahreszeitlich abgestimmten Brauntönen. Im Sommer, wenn die dunklen Nylons dran sind, sieht Mama immer aus, als wären ihre Beine im Urlaub gewesen. Also nur ihre Beine. Der Rest musste zu Hause bleiben. Heute trägt sie einen leichten, cremefarbenen Blazer, man sieht also die helle Haut ihrer Arme nicht. Allerdings leuchtet ihr Gesicht wie eine 5W Energiesparlampe. Ein bisschen wie eine Asiatin. Also ohne Schlitzaugen. Mama meidet die Sonne, wegen der Faltenbildung. Und geht nie ohne Lichtschutzfaktor 50 im Gesicht aus dem Haus. Papa schläft meistens nach der Gartenarbeit eine Runde im Liegestuhl. Und ist dementsprechend knackebraun im Gesicht und an den Armen. Wie die beiden da so auf mich zugehen, der eine oben hell der andere dunkel, der eine unten hell der andere dunkel, erinnern sie mich an Weihnachtsgebäck. Also dieses Marmorgebäck mit Schachbrettmuster, das man bei Netto kaufen kann. In der Kühltheke, fix und fertig als Rolle, man muss nur noch Scheiben abschneiden und backen. Lecker.

„Sophie, mein Engel." Mama fängt an zu rennen, zumindest so gut das in den Pumps auf Rasen geht. Weinend fällt sie mir um den Hals.

„Gut siehst du aus," künstliches Lächeln, „also ich meine gar nicht so schlimm, wie Dr. Humpert es dargestellt hat." Kritisch beäugt sie mein Gesicht. Schaut weg. Guckt mir auf den Kopf. Ich weiß nicht, ob sie meine blondierten Haare schon gesehen hat. Ich weiß schließlich nicht, wann sie das letzte Mal hier waren.

Papa nimmt mich in den Arm und drückt mich fest. Wie immer hat er viel zu viel Aftershave benutzt. Old Spice. Sehr männlich. Eigentlich mag ich es, ist nur irgendwie zu viel und bleibt an meinen Wangen haften. Ich rieche es noch, als er mich schon längst losgelassen hat. Und vermutlich bis zur nächsten Dusche auch noch.

Bevor ich etwas sagen kann, hält Mama mir ein kleines Geschenk hin. Es hat etwa die Größe einer Postkarte. Es ist ordentlich in dickes Geschenkpapier mit Rosenmuster eingepackt. Mit dem exakt passenden Schleifenband. Typisch Mama.

„Öffne es nicht sofort, mein Liebling." Sie drückt mir das Päckchen in die Hände und lässt es gleichzeitig nicht los. „Dr. Humpert hat uns berichtet, was mit dem Bild auf deiner Kommode passiert ist. Vermutlich ist es noch zu früh, aber dein Vater und ich dachten, wir geben es dir jetzt schon mal. Also je nachdem. Nur für den Fall….also dass du dich so plötzlich an Dinge erinnerst, wie du ja praktisch jetzt zurückgekehrt bist… damit du weißt, wie sie aussehen…. du weißt schon." Mama druckst ein bisschen rum. So kenne ich sie nicht, im Normalfall ringt sie nie um Worte.

„Wir haben schon einen Termin mit dem Psychologen vereinbart, natürlich in Absprache mit Dr. Humpert. Vielleicht entscheidet ihr gemeinsam, wann der richtige Zeitpunkt ist, es zu öffnen. Wir hielten es für angemessen, dass du in der jetzigen Phase deiner Genesung psychologisch betreut wirst."

„Angemessen? ANGEMESSEN?" brülle ich laut. Meine Mama zuckt erschrocken zusammen. Lässt das Geschenk los. „Haltet ihr es auch für angemessen, mich hierhin abzuschieben? In ein Heim für Alzheimer- und Demenz-Patienten? Was habt ihr auch bloß dabei gedacht?"

„Schatz, beruhige dich bitte." sagt mein Papa.

„Ich bin ruhig." brülle ich weiter.

„Das ist das beste Zentrum, dass wir finden konnten. Niemand wusste, wie lange du in diesem Zustand bleiben würdest. Du erhältst hier professionelle Betreuung von gut ausgebildetem Personal. Etwas Besseres gibt es in ganz Deutschland nicht."

„Und was soll dann bitte dieser Scheiß-Babysitter

von Tim, wenn ich hier angeblich so gut betreut bin, mmh?"

Meine Eltern tauschen betroffene Blicke. Keiner sagt was.

Meine Mama öffnet den Mund, als wollte sie etwas sagen, aber es kommt nichts. Stattdessen starrt sie mich wie ein Fisch an, schnappt einmal nach Luft und klappt dann den Mund wieder zu.

„Kann mir einer mal bitte meine Frage beantworten? Also jetzt vielleicht?"

Wieder schauen sich meine Eltern fragend an. Mein Papa schafft es dann endlich, etwas zu sagen.

„Schatz, wir hatten ein langes Gespräch mit Herrn Dr. Humpert. Wie es aussieht, hast du wohl zur Zeit noch eine ziemlich große Erinnerungslücke. Er hat uns geraten, dich nicht mit zu vielen Informationen zu überlasten. Er befürchtet, dass du noch einmal einen dieser Anfälle haben könntest. Dr. Humpert hat uns erklärt, dass das sowas wie einen Rückfall zur Folge haben könnte. Und das wollen wir doch vermeiden, Liebling!"

Mir verschlägt es die Sprache. Ich fühle mich völlig entmündigt. Anscheinend darf ich nichts für mich alleine entscheiden, weil alle anderen wissen, was gut für mich ist. Und was soll der Scheiß mit der Erinnerungslücke. Gut, an den Unfall erinnere ich mich nicht. Aber was heißt das schon? An so ein schlimmes Ereignis will sich bestimmt niemand freiwillig erinnern. Da ist es doch sogar besser, wenn man das völlig ausblendet. Andernfalls wäre man doch total traumatisiert. Müsste sich immer wieder mit den gleichen Bildern auseinandersetzen. Alpträume. Panikattacken. Dieser ganze Mist halt. Wo ist also bitte das Problem?

„Als du…" beginnt meine Mutter „also die ersten Male… als du wach warst…hast du ständig gefragt, was mit deiner Freundin Annica ist. Ob sie gut nach Hause gekommen ist."

Ich ziehe die Augenbrauen hoch. Ich verstehe nicht.

„Wir wussten gar nicht, was du meinst. Wir kennen ja schließlich nicht dein komplettes Privatleben. Daher habe ich mit Annica gesprochen. Auch sie hatte erst keine Ahnung, was du damit meinen könntest."

Pause.

„Ein paar Tage später rief sie dann an. Sie hatte sich wohl zwischenzeitlich an eine Party erinnert auf der ihr mit ein paar Freundinnen ward. Ihr hattet wohl ziemlich viel getrunken an dem Abend. Und irgendwann hattet ihr Annica verloren."

Da sie mit Mama anscheinend telefoniert hatte, war sie offenbar gut nach Hause gekommen.

„Aber dann ist doch alles gut?"

„Ja, Schatz, alles gut, allerdings ist der Abend, an dem das stattgefunden hat, 8 Jahre her."

6. Kapitel

Meine nackten Füße baumeln über dem Boden. Hier und da kitzelt mich ein Würmchen. Ich sitze auf meinem Bett. Fragezeichenhaltung. Mein Kopf baumelt auch irgendwie. Das Rosenmusterpapier ist durch das ständige Hin- und Herdrehen in meinen schwitzigen Hände schon ganz aufgeweicht. Wellblechdach-Optik. Ich bringe es nicht fertig, das Geschenk wegzulegen, geschweige denn es zu öffnen. Ich bin völlig parallelisiert. Karamellisiert. So fühlt sich mein Kopf an. Da sind irgendwo diese Jahre zusammengeklumpt, in einer klebrigen, undurchsichtigen Masse. Und darin eingeschlossen sind 8 Jahre meines Lebens.

Ich weiß, dass es ein Foto sein muss. Ich kann den Rahmen und das Glas, hinter der das Foto ist, durch das Papier fühlen.

„…damit du weißt, wie sie aussehen…“

In einer Endlosschleife rattern die Worte meiner Mama immer wieder durch meinen Kopf. Wen meinst sie mit „sie“? Vielleicht ist es ein Selfie von der Party, auf der ich mit meinen Freundinnen war. Von dem Abend, an den ich mich erinnern kann. Allerdings weiß ich genau, wie meine Freundinnen damals aussahen. Wir gehen nur noch selten weg, seit sie beiden Kinder haben. Aber wenn, gibt es immer das volle Schicksen-Programm. Etwa um 18 Uhr Treffen bei mir. Erstmal ein Gläschen Prosecco auf uns und unsere Freundschaft. Dann Kleiderschrank-Check. Zweites Gläschen Prosecco ob meiner riesigen Klamottenauswahl. Meine Kleidergröße hatte sich seit ich 20 war nicht mehr verändert und wegschmeißen tu ich nie etwas, weil irgendwann ja alles nochmal in Mode kommt. Dann Auswahl der infrage kommenden Outfits. Anprobe. Ich muss dazu sagen, dass meine beiden Mädels seit den Kindern nicht mehr Kleidergröße 38 haben, so wie ich, aber nach dem 3. Gläschen Prosecco kein Problem mehr damit hatten, sich in meine Miniröcke zu schießen. Stretch macht's möglich. Typ Presswurst. Aber meine gut gemeinten Ratschläge drangen nach dem 4. Gläschen Prosecco schon nicht mehr zu den Muttis durch. Dann unter Kichern Haare aufdrehen, derweil Feuchtigkeitsmaske, Nägel lackieren, Bäuerchen machen, Maske abnehmen, Gesicht im Nude-Look schminken. Ein letztes Gläschen auf uns und den Abend, Foto von uns aufgebrezelten Chickas und los. Oder aber ein aktuelleres Bild. Ich hoffe nicht, dass die beiden sich so verändert haben, dass ich sie nicht wiedererkenne. Wobei mich vermutlich im Moment auch niemand wiedererkennt. Ich sollte mal prüfen, ob es einen Hausfriseur gibt. Und mir eventuell einen Vollbart zum Aufkleben zulegen. Buschige Augenbrauen könnten auch helfen. Oder Make-up im Farbton der Sommernylons meiner Mama.

Es klopft.

Schnell schiebe ich das Bild unter mein Kopfkissen. Die Tür öffnet sich und die kleine Omi schiebt sich durch einen kleinen Türspalt. Sie sieht irgendwie anders aus, als bei unserer letzten Begegnung. Als sie mich mit zusammengepressten Augen sieht, strahlt sie mich an. Aha, denke ich, Zähne sind heute drin.

„Hallo, Engelchen," krächzt sie „ich bin etwas zu spät. Ich hoffe, das macht nichts."

„Zu spät wozu?"

„Heute ist doch Sonntag." Freudig wedelt sie mit einem pinkfarbenem Buch, dass sie aus ihrer Jogginghose hervorzaubert.

„Und Sonntag ist Vorlesetag. Das vergesse ich nicht, weißt du Herzchen?"

Ich nicke. Ich wohl schon, denke ich.

Sie krabbelt wie Gollum aus Herr der Ringe neben mich aufs Bett und macht sich erstmal lang.

„Hier, kann losgehen." Sie streckt mir das Buch entgegen. Ich lese den Titel: „Nacktbadestrand" von Elfriede Vavrik.

„Und sie sind da ganz sicher, dass es genau dieses Buch sein soll?" frage ich lieber nochmal nach. Also ich meine ja nur, da geht es um eine Oma und ihre sexuellen Fantasien.

„Kindchen," sagt die Omi, „mein Walter ist seit über 20 Jahren tot. Ich brauch auch ein bisschen Spaß, weißt du? Zumindest im Kopf!" Sie zwinkert mir neckisch zu. Holla, die Waldfee, die Omi hat es anscheinend faustdick hinter den Ohren. Sie schließt die Augen und ich beginne zu lesen.

Mitten in der Nacht wache ich auf, weil mir etwas in die Seite pitscht. Meine Hand greift nach unten und bekommt ein Gebiss zu fassen. Auf meiner Brust liegt das pinke Buch. Anscheinend bin ich beim Lesen eingeschlafen. Als ich links neben mir ein Röcheln höre, weiß ich, die Omi auch. Ich sollte dem Pflegepersonal Bescheid geben, damit sie nicht glauben, die Omi sei kratzen gegangen. Nur für den Fall, dass es wieder ein Problem mit der Tür gibt. Also trete ich auf den langen Flur und bleibe vor dem Personalzimmer stehen. Vorsichtig klopfe ich.

„Ja bitte!" Eine Männerstimme.

Als ich eintrete blicke ich auf die Kräuselmatte von Tim. Er sitzt mit dem Rücken zur Tür auf einem Stuhl und hat ein MacBook auf dem Schoß. Als er sich rumdreht und mich sieht, klappt er das MacBook schnell zu.

„Sophie!" Freudige Stimme.

„Ja, ich bin's bloß."

„Alles o.k.? Kannst Du nicht schlafen? Hast Du schlecht geträumt? Brauchst Du was?" Leicht hektischer Blick.

„Neenee, alles gut, ich wollte nur Bescheid geben, dass die Omi aus Zimmer 129 heute bei mir schläft."

„Wieso das?"

„Wir machen einen Mädelsabend, bisschen Alkohol, Musik, Männer, sowas halt!" Ich kichere leise. Tim verzieht seinen Mund zu einem schiefen Lächeln.

„Das passt zu dir!" Da ist irgendetwas in seinem Blick, das ich nicht einordnen kann.

„Also, ich geh dann mal wieder." Ich drehe mich einmal auf meiner Ferse um 360 Grad, weil mir noch was einfällt. „Sag mal, gehst du eigentlich jemals nach Hause?"

„Eher nicht."

„Meine Eltern bezahlen dich auch für die Zeit, in der ich normalerweise schlafe?"

Pause. Was kommt jetzt?

„Nein, nicht wirklich."

„Und wieso machst du das dann?"

Pause.

„Ich...." Drucksdrucks. „Also ich...fühle mich wohler, wenn ich in der Nähe bleibe." Schon wieder dieser seltsame Blick. Also entweder ist er ein besonders verantwortungsvoller Arbeitnehmer, total bescheuert oder heimlich in mich verknallt. Ich nehme dann mal Tor 3. Und fühle mich geschmeichelt. Täte gut nach dieser ganzen Scheiße hier.

„Aha, o.k., gute Nacht dann mal."

„Gute Nacht."

Ich höre es schon, bevor ich in der Nähe meiner Zimmertür bin. Die Omi sägt. Lautstärke einer Elektrosäge. Eindeutig. Na toll. Ich wundere mich, dass die Scheiben nicht vibrieren, als ich mein Zimmer betrete. Schlafen kann ich also vergessen. Trotzdem schlüpfe ich schnell in meinen Schlafanzug. Dann trete ich hinaus auf meinen kleinen Balkon. Die Luft ist noch warm. Ich beschließe, eine Weile hier draußen zu bleiben. Als ich die Tür von außen schließe, ist es fast auszuhalten. Notfalls werde ich hier draußen schlafen. Zumindest eine Weile. Der Hochleh-

ner-Stuhl ist eigentlich ganz bequem. Mein Bärchenanzug kuschelig wie eine Frottee-Bettdecke. Ich kip-
pe die Lehne des Stuhl maximal nach hinten, wobei
ich fast liege. Ein bisschen wie in einem Zahnarzt-
stuhl, aber durchaus bequem. Die Nacht ist relativ
hell. Ziemlich weit hinten sehe ich den Mond, kurz
vor voll. Ein paar Schäfchenwolken ziehen leuchtend
am Himmel vorbei. Und dann fällt mein Blick auf
eine glitzernde Fläche. Am Ende des Parks muss ein
kleiner See sein, den ich noch gar nicht richtig
wahrgenommen habe. Der Mond spiegelt sich im
Wasser. In meiner Magengegend zieht sich etwas zusammen. Meine Haut prickelt. Mir wird heiß. Dann
schwindelig. Irgendwas rauscht in meinen Ohren. Es
berauscht mich. Irgendwie. Ich weiß nicht, was es ist,
woher es kommt. Und gleichzeitig beschleicht mich
der Verdacht, dass ich dieses oder ein ähnliches Bild
schon mal gesehen habe. Irgendwann. Irgendwo. Teile meines Körpers scheinen sich daran zu erinnern.
In meinen Kopf kommt jedoch nichts Eindeutiges
an. Ich drehe mich zur schnarchenden Omi um.
Plötzlich wird mir etwas sehr bewusst. Ich weiß
nicht, welche Teile ihres Lebens ihr bereits fehlen.
Und welche ihr noch verloren gehen. Und als mir
klar wird, dass sie die Erinnerungen vermutlich nie
mehr zurückholen kann, überkommt mich eine tiefe
Traurigkeit. Was ist, wenn das bei mir auch so bleibt?

7. Kapitel

Ich werde von einer Art Brunftschrei geweckt. Mühsam öffne ich erst das linke, dann das rechte Auge. Und halte sogleich Ausschau nach dem Hirsch, oder was immer sich da in diesen frühen Morgenstunden paaren möchte.

„Mohuuu-hu-hu-hu-hu."

Nochmal. Erstaunlicherweise kommt das Geräusch von hinten. Aus meinem Zimmer. Nicht aus dem Park. Oh Gott, die Omi, denke ich und fliege förmlich aus dem Gartenstuhl. Ich hoffe, sie ist nicht aus dem Bett gefallen. Orientierungslos. Weil sie nicht mehr weiß, wo sie ist. Einfach vergessen. Als ich die Schiebetür öffne, sehe ich die Omi, wie sie neben meinem Bett stehend die Dritten krampfhaft zusammenbeißt, um im nächsten Moment wieder ein massives „Mohuuu-hu-hu-hu-hu" auszustoßen. Wobei das Gebiss auf den Würmchen-Teppich fällt. Plumps.

„Was machen sie da?" frage ich.

„Schpoat," ruft die Omi atemlos.

Ich überlege, welche Schpoat-Art das ist, bei der man unbewegt neben dem Bett steht. Seniorenyoga? Denksport? Kiefertraining?

„Mohuuu-hu-hu-hu."

Ich beobachte sie noch eine Weile interessiert. Nichts tut sich. Maximal ihre Knie zucken ein bisschen.

„Mohuuu-hu-hu-hu."

Als sie sich erschöpft auf mein Bett fallen lässt, höre ich ein lautes Knacken. Scheiße, mein Bild. Das hatte ich ja beinahe völlig vergessen. Verdrängt. Was auch immer.

„Blöde alte Knochen," murmelt die Oma „immer knackt was."

Sogleich verfällt sie in einen tiefen Erholungsschlaf. Ich nutze den unbeobachteten Moment, um schnell das Bild unter dem Kopfkissen hervorzuziehen. Es ratscht und ich sehe, dass ein Stück vom Papier abgerissen ist. Durch das Guckloch sehe ich einen blonden Lockenkopf und hoffe nicht, dass meine Mädels zwischenzeitlich die Dauerwelle für sich entdeckt haben. Und die Blondierung. Wobei wir dann momentan als Schwestern durchgehen könnten. Ich widerstehe der Versuchung, das Papier ganz zu entfernen. Stattdessen lasse ich das Bild in meiner Kommode verschwinden. Vielleicht werde ich es ja vergessen. Eine staubfreie Stelle auf der Kommode erinnert mich daran, dass hier noch vor Kurzem ein anderes Bild gestanden hat. Klar, dass es nun vor mir versteckt wird, wo es anscheinend etwas in mir ausgelöst hat, das mich völlig ausrasten lies. Wo ist es jetzt? Und was bitte soll auf dem Bild gewesen sein, dass diese Reaktion in mir auslöste?

Als ich wenig später in dem grünen Ohrensessel von Frau Dr. Krienke-König sitze, halte ich sicherheitshalber erstmal meinen Mund. Ich sitze mitten im Raum, was nicht sehr gesprächsfördernd ist. Ich fühle mich unwohl, haltlos und der Situation ausgeliefert. Der Sessel steht auf einem roten runden Teppich. Ich überlege, ob der Teppich mit Schneckenhausmuster eine tiefergehende psychologische Bedeutung hat. Vermutlich fühle ich mich nach dem erwarteten Seelenstriptease wie eine nackte Schnecke, die sich zum Sonnen auf ihr Haus gesetzt hat. Könnte natürlich auch eine entzündete Lakritzschnecke, eine aufgerollte Krötenzunge oder ein tapeziertes Ufo sein. Und dann noch diese Signalfarbe. Wie ein Buzzer. Bzzzz. Bitte sprechen sie jetzt. Ihre Bühne, ich höre. Ich schweige penetrant. Weil Frau Dr. Krienke-König außer einem dünnen „Hallo" und einem Nasser-Waschlappen-Handschlag auch noch nichts auf die Kette gekriegt hat. Dazu dieser starre, durchdringende Blick, der in meinem Hirn nach etwas zu suchen scheint. Vielleicht hat sie telepathische Kräfte. Und findet dann diesen Karamellklumpen, den sie mit ihrer überlangen Zunge durch mein Ohr aus meinem Kopf zieht und auf den Boden schmeißt. „So, da ist sie also, ihre Vergangenheit. Das haben wir doch gut hinbekommen." Ich habe eindeutig zu viele Horrorfilme gesehen.

Dann schreibt sie etwas auf ihren Block, der auf ihrem Schoß ruht. Natürlich möchte ich schon gerne wissen, was sie notiert, schaffe es aber gerade noch rechtzeitig, mir auf die Zunge zu beißen. Klappt doch. Das mit dem Zunge beißen, meine ich. Vermutlich ist es eine Provokation. Um mich zum Reden zu bringen. Einfachstes, psychologisches Werkzeug. Vermutlich erstes Semester. Und der Mist ist, es funktioniert. Als ich gerade langsam den Mund öff-

nen will, um etwas zu sagen, sagt sie: „So, Frau Küttgens, ihre erste Stunde ist dann mal rum, wir sehen
uns morgen um die gleiche Zeit." Und schwups ist
sie auch schon weg. Ich erhebe mich mit einem tou-
rett-artigen „Scheißepissekacke" und schlurfe niedergeschlagen den Flur entlang.

Als ich mein Zimmer betrete, ist die Omi weg. Nur
das pinke Buch ist von ihr geblieben. Und ein bisschen der Duft einer alten Omi, der nicht wirklich
ekelhaft oder stinkig ist, aber ein bisschen muffig.
Und da mir einfällt, dass ich gar nicht weiß, wie die
Omi heißt, taufe ich sie sogleich „Omi Müff".
Schwungvoll öffne ich die Balkontür und lasse die
warme, frische Luft ins Zimmer strömen. Als ich
mich gegen die Brüstung lehne und ein paar Mal tief
durchatme, entdecke ich weit hinten, zwischen den
Birken diesen kleinen See. Ich halte die Luft an. Und
warte. Mit mir, in mir passiert heute nichts. Seltsam
irgendwie. Kurz bevor ich das Gefühl habe, blau an-
zulaufen, mache ich ein paar laute, erleichterte Atem-
züge. Heute ist es bloß ein Haufen Wasser. Ich beschließe, dass es unsinnig ist, nochmal nach diesem
Gefühl von gestern Nacht zu suchen. Vielleicht war
es auch etwas ganz Profanes. Vermutlich hatte ich
lediglich Durst. Ist ja so warm im Moment.

Am Nachmittag plötzlich unerwarteter Besuch, als
ich lesend auf meinem Bett liege. Ich höre sie schon,
als so noch vor der Tür sind. Dieses Kichern, dass sie
irgendwie seit unserer Jugend beibehalten haben,

erkenne ich immer. Giggel-giggel. Gleichzeitig löst es bei mir das gleiche Gefühl wie früher aus. Anscheinend hat mein Gehirn das nicht vergessen. Schade eigentlich, darauf könnte ich gut verzichten. Und zu wissen, dass sie die Zeit, die mir fehlt, lückenlos geteilt haben, macht es nicht gerade besser. Das entfernt sie noch ein Stückchen mehr.

Als sie mein Zimmer betreten, möchte ich mir am liebsten die Augen zuhalten. Oder schreien. Oder einen blöden Kommentar lassen. Stattdessen fällt mir die Kinnlade runter. Die beiden kriegen meinen entsetzten Gesichtsausdruck gar nicht mit, weil sie ihr Gespräch von draußen anscheinend auch hier drinnen fortsetzen. Seltsames Gefühl, besucht und gleichzeitig völlig ignoriert zu werden. Tut weh, irgendwie. Ich lächle gequält und belächle parallel den Anblick, der sich mir bietet.

Annica ist maximal erblondet, dazu ein daumendicker, fast schwarzer Haaransatz. Das stellt doch tatsächlich meine Frisur in den Schatten. Sehr trendiges Outfit. Also für jemanden, der maximal 25 ist. Bei einer Frau, die auf die 40 zugeht, wirkt es eher wie ein Karnevalskostüm. Fransenstrickjacke, weite Bluse mit bunten Indianer-Applikationen und moonbootartige Treter in rot. Dazu knallroter Lippenstift. Das geht natürlich, wenn man strahlendweiße Zähne hat. In Annica's Fall betont es allerdings das sonnengelb ihrer Zähne, was ich feststelle, als sie mich etwas verkniffen anlächelt.

Charlotte war früher die von uns drei mit der Bombenfigur. Nahezu 90-60-90. Hammergeiles Dekolleté. Selbst nach den beiden Kindern saß einigermaßen alles noch da, wo es hingehörte und war nicht ein paar Etagen tiefer gerutscht. Sie ist auch jetzt noch extrem schlank. Fast ein bisschen zu schlank. Die Röhrenjeans sieht auch echt gut an ihr aus. Allerdings hat ihr Gesicht extrem gelitten. Davon kann auch dieses bunte, neonfarbige Oberteil nicht ablenken. Sie hat sich also eindeutig für einen schönen Arsch entschieden, ganz gemäß der Formel: Arsch oder Gesicht. Kuh oder Ziege. Mäh. Gott sei Dank keine Ziegenmähne. Aber kurze Haare fand ich schon immer Scheiße und furchtbar unweiblich. Und faltenbetonend. Vielleicht sollte ich ihr einen Mittelscheitel und einen Fransenschnitt empfehlen, der so weit wie möglich ins Gesicht fällt. Oder ein paar Kilo mehr. Das strafft auch.

„Mensch Sophie," Charlotte stürmt auf mich zu und knuddelt mich wie einen Teddybären, „wir freuen uns sohohohohoho dolle, dass es dir gut geht. Wir hatten ja echt sohohohooho Angst um dich. Du hast uns sohohohoho gefehlt." Sie wiegt mich im Takt dieser sohohohoho's hin und her.

Als ich sie zögerlich um die Taille fasse, merke ich, Scheiße, da wohnt ein Rettungsring. Und obenrum presst sich Gerippe an meine Brüste. Nochmal scheiße. Wohl eher 60-90-90 jetzt. Klarer Fall von leer-gestillter Lederläppchen. Anscheinend hat sie außerdem ihre heiß geliebten Push-up-BH's gegen unwattierte Triangel-BH's ausgetauscht. Schlechter Tausch.

„Lass dich erstmal drücken, meine Liebe," Jetzt also Annica. Etwas widerwillig erwidere ich die Umarmung. Sie fasst mich an, als wäre ich ein rohes Ei. Vermutlich hat sie Angst, den kümmerlichen Rest meines Gehirns alleine durch eine zu feste Umarmung auch noch zu zerquetschen. Händchenhaltend setzen sie sich auf mein Bett.

Ein Weile starren wir uns wortlos an. Die beiden wechseln Blicke, die erkennen lassen, dass sie sich einig sind.

„Was?" frage ich leicht genervt. „Ich weiß, mein Gesicht sieht Scheiße aus, meine Haare auch. Ihr könnt ruhig ehrlich sein!"

Beide ziehen die Augenbrauen hoch. Dann nickt Annica Charlotte zu.

„Das ist es nicht. Es ist so," fängt Charlotte etwas zögerlich an, „wir waren eben noch bei Deinem Arzt..."

„Dr. Humpert." fällt Annica ihr ins Wort.

„Ja, genau der."

„Schön," sage ich, „und was sagt Dr. Humpert so?" Anscheinend ist mein Arzt zur Zeit auch mein persönlicher Bodyguard, an dem niemand vorbei kommt.

Wieder gucken die beiden sich an.

„Also, jetzt mal ganz im Ernst: Die Party, bei der Annica verschwunden ist, ist W-I-R-K-L-I-C-H die letzte Erinnerung, die du hast?" fragt Charlotte.

„Ja."

Wie auf Knopfdruck ergreift Charlotte meine Hände.

Sie hat plötzlich Tränen in den Augen.

„Scheiße, Sophie," sagt sie, „und da ist gar nichts? Die Jahre danach. Also ich meine, nicht mal ein Fetzen oder ein Bild?"

Ich schüttele den Kopf.

„Nichts. Alles schwarz."

Beide sitzen heulend vor mir. Bin ich nicht diejenige, die weinen sollte?

Es klopft.

Tim steckt den Kopf durch die Tür.

„Alles o.k. bei euch?"

„Ja, Tim," sagt Annica, ohne mich aus den Augen zu lassen, „alles gut. Du kannst wieder gehen."

Irgendetwas sagt mir, dass die beiden auch Tim schon kennenlernen durften, oder vielleicht eher mussten. Anscheinend ist hier ja jeder darauf bedacht, mich schön in Watte zu packen, damit ich bloß keinem Stress ausgesetzt werde. Schön, dass sie wohl über alle Details mich betreffend informiert sind. Also alles wie immer, ich war ja quasi schon früher immer das offene Tagebuch. Wieso sollte sich daran etwas geändert haben.

Wieder diese vielsagenden Blicke unter den beiden.

„Könnt ihr mir vielleicht mal sagen, was mit euch los ist? Wieso glotzt ihr euch die ganze Zeit so an? Jetzt redet doch endlich mit mir!"

Betreten schauen beide auf mein Bett.

„Das ist es ja gerade," sagt Charlotte, „Dr. Humpert hat uns quasi VERBOTEN, dir irgendetwas zu erzählen. Weil das deinen Genesungsprozess stören könnte, oder so!"

„Du kannst dir gar nicht vorstellen, Sophie, was alles passiert ist, seit dieser Party und wie schwer es für uns ist, dir nichts erzählen zu können," sagt Annica.

Ich spüre, wie es tief unten in mir beginnt zu brodeln. Und meine innere Stimme überrennt das Stop-Schild und singt: Du bist so heiß wie ein Vulkan, aaahhhaaa-aaaahhhaaaaa….

„Schwer?" Lautere Stimme.

„Für euch ist es also schwer, ja?" Noch lautere Stimme.

„Könnt ihr euch annähernd vorstellen, wie schwer es für mich gerade ist?" Jetzt brülle ich.

„Ich kann mich nicht an den Unfall erinnern. Ich weiß also nicht, was da passiert ist. War ich Schuld? Wo ist es passiert? Was war in der Zeit davor? Wie lebe ich? Wo arbeite ich? Was genau ist mein Job? Wer bin ich überhaupt? Wieso habe ich diese schrecklichen blonden Haare? Seit wann mag ich Lipgloss? Wer ist auf dem Foto, dass ich vor mir selbst verstecke, weil ich Angst habe, es zu öffnen? Wieso habe ich mir das Gesicht zerschnitten?"

Vor Wut habe ich angefangen zu heulen.

Die beiden starren mich entsetzt an.

Schweigen.

„Meine Güte," Annica findet als erste ihre Worte wieder, „wir haben ja noch nie erlebt, dass du so aus der Haut fahren kannst."

Womit sie eindeutig recht hat. Dieses aus der Haut fahren kenne ich nicht. Das ist neu. Früher habe ich mich maximal über mich selbst geärgert, wenn ich mich angegriffen fühlte und nie verbal zurückgeschossen. Wirklich nienienie! Und wenn ich ehrlich bin, ich habe das so gehasst. Weil es Menschen gab, die das ausgenutzt haben. Blöd zu mir waren und sich dann überlegen fühlten, weil sie mich in die Ecke gedrängt hatten. Genau in dieser Sekunde fällt es mir wie Schuppen aus den Augen. Annica hatte immer und immer wieder genau das mit mir gemacht. Ein tiefer Schmerz durchzuckt mich.

„Tja," sage ich bissig, „dann hatte der Unfall doch zumindest etwas gutes. Anscheinend kann ich das jetzt!"

Wütend verlasse ich das Zimmer. Ich weiß nicht, wohin ich laufe. Aber meine Beine gehen automatisch. Im meinem Kopf überschlägt sich alles. Ich fühle einerseits ein bisschen Stolz. Weil ich es endlich geschafft habe, die Zähne auseinander zu kriegen. Und gleichzeitig krampft sich mein Herz zusammen, da ich nicht sicher bin, was ich mit meiner Explosion bei den Mädels bewirkt habe. Wie doof muss man bitte sein, in einer Phase, in der man Hilfe brauchen wird, nach Erinnerungen sucht, rückwärts gehen muss, seine Freundinnen zu vergraulen. Und auf der anderen Seite fühle ich mich unglaublich befreit. Ich weiß jetzt auch, wohin mich meine Beine führen. Ich sehe es in der Ferne schon glitzern.

8. Kapitel

Der Anblick des Wassers hat eine beruhigende Wirkung auf mich. Ich sitze seit einer Weile auf dieser Holzbank und bewege mich keinen Millimeter, weil ich nicht weiß, ob dieses morsche Holz das verkraftet. Gut, dass meine Mädels nicht hier sind. Pfui, denke ich, hör auf, so zu sein. Vielleicht entwickele ich ja gerade ein Engelchen-Teufelchen-Syndrom. Oder weiß ich, wie das heißt, wenn immer gut und böse mit einem sprechen. Gespaltene Persönlichkeit? Ich fühle mich hier wie in einer kleinen Oase. Völlige Ruhe. Niemand hier. Vermutlich ist der Weg zu weit und zu uneben, so dass die Oldies mit dem Rollator hier niemals ankommen würden. Mein Puls hat sich normalisiert. Mein innerer Vulkan ist erloschen. Ich habe mich wieder unter Kontrolle. Ich überlege, was da eben mit meinen Mädels passiert ist. Offensichtlich kann ich nicht mehr anders, als in entscheidenden Momenten ehrlich zu mir und zu anderen zu sein und manchmal ein bisschen zu viel. Ich finde das total anstrengend. Ich kenne das nicht. Also das sich etwas meiner Kontrolle entzieht und ein Eigenleben entwickelt. Und gleichzeitig fühlt es sich an, als hätte sich ein Knoten gelöst. Kurzum, ich weiß noch nicht, wie ich das finde. Vielleicht geht es ja wieder weg, wenn das andere, die Erinnerungen, wieder kommen.

Ich höre, wie jemand hinter mir durch das Gras schlurft. Och nö, denke ich, als sich eine Männerstimme mit „N'Abend, die Dame" meldet. Schnell schüttele ich meine Friese, schlage die Beine übereinander und mache einen Schmollmund. Man weiß ja nie. Als vor mir ein komplett blau gekleideter, schlaksiger Typ mit ungekämmter Matte steht, sacke ich förmlich in mir zusammen. Schade, hätte ja sein können. Mit dem Licht und Glitzer des Wassers im Rücken hat er etwas von einer Erscheinung. Als ich die Hand als Sonnenschutz vor meine Augen hebe, um diesen Typ besser erkennen zu können, steckt er mir auch schon auffordernd die Hand entgegen.

„Stefan, hi."

Ich pruste los.

„Was ist an Stefan so lustig?"

Eigentlich nichts. Allerdings ist das, von dem ich dachte, es seien seine Haare, einer dieser furchtbar hässlichen Mützen, aus denen oben so was wie Haare raussprießt. Sieht aus wie gekürzte Plastik-Rastas. Kichernd zeige ich auf diese gelben Filzfusel.

„Achso, die," sagt Stefan, „das ist mein Sonnenschutz!"

Schräger Vogel! Wer zieht denn bitte im Sommer freiwillig eine Mütze an.

„Meine Sonnencreme ist alle und bei den Temperaturen verbrennt so schnell mein drittes Knie, weißt du?"

Als er sich verbeugt, dabei die Mütze abzieht und einen völlig ungenierten Blick auf seine lichter werdenden Haare zulässt, finde ich ihn spontan sehr sympathisch.

„Und du bist Sophie?“

„Woher weißt du das?“

„SoPHIE ist DIE mit der AmneSIE.“

Ich grinse. „Nett gereimt. Und woher weißt du, dass ich das bin?“

„Es gibt nicht ganz so viele Frauen hier ohne Rollator, graue Haare und Windeln.“

„Das ist gemein, irgendwie.“

„Aber stimmt.“

„Ja stimmt.“

„Darf ich mich setzen?“

„Nö.“

„Nö?“

„Nö!“

„Weil?“

„Die Bank ist morsch.“

Stefan prüft die Rückenlehne.

„Sieht o.k. aus. Wenn wir uns auf die Lehne setzen, könnte es gehen.“

Er kapiert es nicht. Also dann, volle Fahrt voraus. Kann ich ja jetzt.

„Ich will meine Ruhe haben, man ey.“

„Oha, die Frau weiß was sie will.“

„Ja, weiß sie…neuerdings.“

„Neuerdings? Kleinen, amnesiebedingten Kurswechsel im Gemüt?“

„Du kennst dich damit aus?“

„Also ich bin kein Psychologe, wenn du das meinst. Aber ich hab da schon mal was drüber gelesen.“

„Und?“

„Was und?"

„Geht das wieder weg?"

„Wieso? Geht es dir schlecht damit?"

„Ja, nein, vielleicht, also nein, keine Ahnung, es ist neu, anders, überraschend, anstrengend, unkontrolliert, ehrlich, irgendwie ich!"

„Aber das ist doch gut, wenn du jetzt du bist."

Ja stimmt, so wie er das sagt, klingt das gut.

„Und du bist?"

„Stefan, sagte ich doch schon."

Ich verdrehe die Augen. „Und was macht Stefan hier?"

„Das Atelier."

„Welches?"

„Malatelier nach Arno Stern."

„Und was malt man da? Arno's Stern?"

Ich grinse, Stefan auch.

„Was man will."

„Und wenn man nicht malen kann?"

„Jeder kann malen."

„Ich nicht."

„Wetten doch!"

„Ich wette nicht."

„Schade."

„Verstehe ich nicht."

„Was?"

„Wie das gehen soll."

„Das Malatelier?"

„Der Sonnengruß, man ey. Über was reden wir hier denn?"

„Das Malatelier."

„Eben. Jetzt sag schon, wie das geht."

„Reinkommen, guten Tag sagen, Pinsel nehmen, in den Farbtopf tunken, Pinsel aufs Papier, losmalen."

„Und das ist alles?"

„Irgendwie schon."

„Und dafür bekommst du Geld."

„Irgendwie schon."

„Aber das ist doch keine Arbeit."

„Doch."

„Weil?"

„Ich für die, die kommen, einen wertfreien Raum schaffen muss."

„Das heißt?"

„Niemand wird zu deinem Bild sagen, das ist aber schön, oder das ist aber hässlich. Und keiner, der malt, darf das Bild anschließend mitnehmen."

„Also ich male was und darf es mir anschließend nirgendwo aufhängen?"

„Genau."

„Und was machst du stattdessen mit den Bildern? Zusammenrollen und rauchen?"

Stefan grinst.

„Nein, ich nehme sie mit und lagere sie bei mir zu Hause im Keller ein."

„Ich verstehe den Sinn echt nicht. Was bringt mir das dann?"

„Vielleicht eine Spur?"

„Du antwortest mit einer Gegenfrage, weil du es selbst nicht weißt?"

„Ich antworte mit einer Gegenfrage, weil ich nicht weiß, was es mit dir macht!"

„Und was macht es mit den alten Leutchen?"

„Keine Ahnung!"

„Keine Ahnung? Fragst du da nicht mal nach?"

„Nö!"

„Warum nicht? Interessiert dich das nicht?"

„Eigentlich nicht. Sind ja ihre Spuren, nicht meine."

„Ich finde das ignorant."

„Eigentlich ist es brillant."

„Schon wieder ein Reim."

„Ich neige dazu."

„Horton hört ein Hu."

„Du kannst das auch."

„Anscheinend..."

„Du solltest es ausprobieren."

„Mmh?"

„Das Malen. Vielleicht ist es was für dich."

„Ich überleg's mir."

„O.k., dann sehen wir uns also morgen um 10."

„Paris, Athen, auf Wiedersehen."

Schmunzelnd und mit beiden Händen in den Hosentaschen schlawenzelt Stefan Richtung Horizont. Und ich bleibe leicht erhitzt und irgendwie aus der Puste zurück. Die Schnelligkeit der Unterhaltung hat mich ein bisschen ins Schwitzen gebracht. Und lässt mich den Rest des Tages immer mal wieder Grinsen.

9. Kapitel

Als ich am nächsten Morgen wieder Frau Krienke-König gegenübersitze, bin ich etwas auf Krawall gebürstet. Und meine Haare sind ungebürstet, haben etwas von einem Nest. Keine Chance, da mit einem Kamm durchzukommen. Mistgabel würde vielleicht gehen. Ich habe die ganze Nacht nicht geschlafen, mich hin- und hergewälzt. Weil mir die ganze Zeit die Begegnung mit den Mädels im Kopf klebte. Auf einmal war da dieses Gefühl, als wäre etwas verschwunden. Und ich konnte nicht genau sagen, ob ich es gestern das erste Mal so gespürt hatte. Und da war diese Angst, das zu verlieren, was mich schon so lange begleitet. Sie gehören irgendwie zu mir wie Rübenkraut zu Gouda. Wir kennen uns seit wir Kinder waren. Haben in unserer Teenagerzeit förmlich aneinandergeklebt. Und so vieles geteilt, den ersten Kuss, das erste Mal, den ersten Liebeskummer, irgendwie alles. Und ich frage mich, ob der Unfall daran Schuld ist, dass ich mich in eine andere Richtung bewege. Oder ob es vorher schon so war. Und bin ich nur falsch abgebogen oder ist es ein grundsätzlicher Richtungswechsel?

Ich beobachte wie Frau K-K (gesprochen Ka-Ka, Krienke-König finde ich persönlich ja zu lang) mich mit gekräuselter Stirn beobachtet. „Falls sie möchten, zeige ich ihnen nach unserer Sitzung, wo sie den Friseur hier im Haus finden."

Danke, du blöde Pussi, denke ich, guck dich doch

mal selbst an. Statt Mittelscheitel trägt Frau K-K heute eins dieser schwarzen Gummibänder im Haar. Wie Sami Khedira. Allerdings hat sie den Haaransatz zu einer Welle aufdoupiert und vermutlich mit Haarspray fixiert. Voll 80er.

„Was ist das?" fragt sie, als ich ihr umangekündigt das ramponierte Geschenk meiner Mama entgegenstrecke.

„Weiß ich nicht."

„Möchten sie darüber reden?"

„Weiß ich nicht."

„Soll ich es für sie auspacken?"

„Weiß ich nicht."

„Wieso haben sie es dann mitgebracht?"

„…"

„Soll ich es für sie aufbewahren und wir packen es aus, sobald sie soweit sind?"

„Und wann meinen sie, ist das?"

Frau K-K puhlt in dem Geschenkpapierloch und blickt hinein. Wie sie da so puhlt und guckt hat es eindeutig was pathologisches. Und irgendwie ist es ja auch so. Sie puhlt in etwas, das mir gehört oder zu mir gehört.

„Haben sie eine Idee, wer das sein könnte?"

„Ich habe eine Vermutung, mehr nicht! Und ich glaube nicht mal, das ich damit Recht habe."

„Haben sie Träume?"

„Was hätte das mit dem Bild zu tun?"

„Träumen sie?"

„Weiß nicht. Und wenn, erinnere ich mich nicht."

„Und sonst? Irgendwelche Erinnerungen, Bilder?"

„Nein."

„Mmh…"

„Mmh?"

„Dann ist es vermutlich noch zu früh, sie damit zu konfrontieren."

„Und wenn das, was ich da sehe, mir eine Erinnerung zurückbringt?"

„Das wäre aus meiner Sicht die falsche Herangehensweise. Wenn sie etwas sehen, das in ihrer Erinnerung fehlt, könnte das nicht gut für sie sein."

„Und was wäre dann gut für mich?"

„Sie sollten sich auf keinen Fall unter Druck setzen. Je weniger sie suchen, umso mehr werden sie finden. Lassen sie Gedanken kommen und gehen. Vielleicht wäre unsere Meditationsrunde auch was für sie. Das entspannt Körper und Geist. Sie werden sehen, je mehr Raum sie ihrem Geist geben, um so mehr werden sich die Räume füllen. Hier."

Sie reicht mir ein schwarzes, kleines Buch.

„Was soll ich damit?"

„Sie sollten anfangen zu schreiben."

„Was denn?"

„Haben sie schon einmal was von intuitivem Schreiben gehört?"

„Nö!"

„Nehmen sie einen Stift, suchen sie sich einen Platz, an dem sie sich wohl fühlen und dann beginnen sie zu schreiben."

„Aha, und was?"

„Das was kommt!"

„Woher?"

„Aus ihnen!"

„Da kommt bestimmt nix! Vielleicht darf ich sie freundlich daran erinnern: ich bin DIE mit der AMNESIE!"

„Das sagt ihnen ihr Bewusstsein!"

„Also mit mir hat noch keiner gesprochen, der Bewusstsein heißt. Ich kenne nur Humpert, Stürmer, diesen Stefan und ein paar Insassen."

Frau K-K schaut mich ernst an.

„Sie können sich gar nicht vorstellen, was das Unterbewusstsein alles abspeichert. Da sind zum Beispiel Gerüche, Geräusche, Geschmackserlebnisse. Das alles speichern wir ab und setzen es in Bezug zu einem Erlebnis, einem Bild, einem Moment. Oder Worte, die jemand sagt und sie sind sich sicher, das schon mal gehört zu haben. Oder Gefühle, die aus dem Nichts plötzlich auftauchen. Und sobald dieser Impuls wieder auftaucht, erinnern wir uns manchmal an längst Vergessenes."

Skeptisch drehe ich das Buch in meinen Hände, blättere durch die leeren Seiten. Das wäre ja zu schön, um wahr zu sein, wenn das so einfach funktionieren würde.

„Wenn sie meinen…"

Etwas unmotiviert schlurfe ich mit dem schwarzen Notizbuch unter der Achsel ins Erdgeschoss. Die Sitzung mit Frau K-K war zwar ganz nett heute und ich habe das Gefühl, das mit uns beiden, das könnte was werden. Aber irgendwie dauert mir das alles zu lange. Als ich an der Theke in der Lobby vorbei gehe, erinnert mich der Anblick eines Bubikopfes (also diese gekräuselte Grünpflanze) daran, dass ich Tim schon verhältnismäßig lange nicht mehr gesehen habe. Nicht, dass ich ihn vermisse, ganz im Gegenteil, ich finde es nur gerade irgendwie komisch. Ich sollte mal nachfragen.

„Entschuldigung?"

Eine Maximal-pigmentierte im Breitbildformat erhebt mühsam ihren Blick von einem Kreuzworträtsel.

„Mmh?"

„Das heißt wie bitte?"

„Wat wolln se?"

Da hätte ich ja mal im Leben nicht mit gerechnet. Die sehr-sehr dunkelbraune Mitarbeiterin (schw… darf man ja nicht mehr sagen) spricht original Kölner Dialekt.

„Kommen sie etwa auch aus Köln?"

„Köln-Kalk, Mariechen, häste n Problem domit?"

„Nein, nein," strahle ich sie an, „ich auch!"

„Du wunns in Kalk? Isch hann disch do ävver noch nie jesinn! Verzäll mer nix!"

„Nein, nein, nicht Kalk, ich wohne in Lindenthal."

„Ahh, du häs et wohl jeschaff, wa? Oder häste disch…luhrens…nach owwe….." Mit ihren dicken Hüften im Bürostuhl klemmend schwingt sie massiv nach vorne und nach hinten.

Pfui, ich fühle mich gerade wie an einer Theke in der Kneipe, wenn sich sämtliche thematische Grenzen in

23 Kölsch und mindestens 4 Fernet Branca aufgelöst haben.

„Ich wohne da mit meinen Eltern."

„Hö bloß up! Du wunns noch im Hotel Mama? Bess de do nit schon jet alt für, Mariechen?"

„Ich habe sowas wie eine Einliegerwohnung."

„Wat is dat dann für nen Driss. Het dat jet mit Einsiedler zu dunn?"

„Das ist ein Haus mit zwei Wohnungen. Unten wohne ich, darüber meine Eltern. Und wieso nennen sie mich die ganze Zeit Mariechen? Ich heiße Sophie!"

„Wegen dem Jestrüpp he owwe." Lulu (lese ich gerade auf ihrem Namensschild) zieht eine ihrer Drahtzieherlocken lang. „Dat Mariche hät die gleiche Färv."

„Vielleicht könnten sie mir sagen, wo der Frisör ist?"

„Drieh disch ens eröm!"

Hätte ich eigentlich sehen können, dass der Frisör gegenüber der Theke ist. Salon Marita.

„Ach so. Und haben sie vielleicht Tim gesehen?"

„Tim? Un wie wigger?"

„Tim Stürmer."

„Han isch noch nie jehört. Den jiddet hee nitt. Ävver ich bin och normalerwies in de Kösch, vielleisch is dä Kähl noch neu."

„Kann ich dann vielleicht mal telefonieren."

„Wä willste dann anroofe."

„Meine Eltern."

„Häste die Nummer im Kopp, oder häste och et Schoss eruss?"

70

„Naja, wie man es nimmt. Die Nummer weiß ich aber noch."

Lulu stellt mir das Telefon auf die Theke.

„Ävver nit so lang," flüstert sie. „Wenn dat einer süht, kriehen ich Ärjer."

Ich nicke und wähle schnell. Mama geht nach dem zweiten klingeln dran.

„Hallo?"

„Hallo, Mama, ich bin's, Sophie."

„Sophie," ruft Mama laut, „das ist aber schön. Aber von wo aus rufst du an? Du hast doch gar kein Telefon."

„Aus der Lobby. Ich habe die Mitarbeiterin mit Drogen bestochen."

„Sophie, das ist nicht lustig."

„Doch, Mama, aber egal. Ich wollte fragen, was mit Tim ist?"

„Wieso? Fehlt er dir?" Ich höre durch den Hörer, das Mama grinst. Was soll diese Anspielung?

„Ich hatte mich nur gewundert, dass ihr zulasst, dass ich so lange alleine bleiben darf. Ich habe ihn schon seit ein paar Tagen nicht mehr gesehen."

„Nun, ja, Sophie, er hatte… er musste… also es gab ein paar private Probleme, um die er sich kümmern muss. Und da wir ja wissen, dass du jetzt regelmäßig zur Psychologin gehst, haben wir beschlossen, das es so o.k. ist. Wir haben ein gutes Gefühl, Papa und ich, was deine Genesung angeht. Und deine Psychologin auch."

Prima, anscheinend stehen sie ja in engem Austausch

mit dem gesamten Klappsen-Personal. Da brauche ich mich ja zukünftig gar nicht mehr melden, denke ich gehässig. Und kommen brauchen sie dann eigentlich auch nicht mehr.

„Ja, das ist ja tohtahl toll," sage ich übertrieben durch meine zusammengebissenen Zähne, „leider muss ich jetzt Schluss machen. Ich muss noch zur Tantra-Massage."

„Sophie, was soll…"

„Tschühüs, Mama." Ich haue den Hörer geräuschvoll in die Station.

„Pst," macht Lulu.

„Sorry," sage ich.

„Stress mit dinge Ahle?"

„Helikopter-Eltern 4-ever," sage ich genervt.

„Nääh!" sagt Lulu überrascht. „ihr hat nen Hubschrauber?"

Marita zieht seit fünf Minuten meine blonden Haarsträhnen durch ihre künstlichen, rosa Fingernägel. Sie ist vermutlich ein paar Jahre jünger als ich. Sieht aber mit ihrem indianermäßigen Make-up mindestens 10 Jahre älter aus. Sämtliche Poren sind quasi zugespachtelt. Die Haut wirkt dadurch etwas ledrig. Die Asi-Palme reißt es leider auch nicht raus. Ich habe in der Tat etwas Sorge, dass ich hier ähnlich gestylt rausgehen werde. Immer nur waschen-legenföhnen muss für Marita auf Dauer ja auch langweilig sein. Da bin ich wohl schon eine ziemliche Herausforderung. Mein Kopfhaut-Fiffi schreit ja förmlich nach einer Rundum-Erneuerung. Friseur-Kunst vom allerfeinsten ist gefragt.

„Tse-tse." macht sie die ganze Zeit, als sie meine Haare aus allen möglichen Winkeln begutachtet. Und ich frage mich, ob sie in dem Nest vielleicht nach einer Tse-Tse-Fliege sucht. Würde mich nicht wundern, was sie das sonst noch so alles findet. Meine Haare fühlen sich an wie ein Fliegenfänger. Irgendwas zwischen filzig und klebrig.

„Und?" frage ich erwartungsvoll.

„Naja, was soll ich sagen?" Marita kaut auf ihrer Unterlippe.

„Butter bei die Fische." sage ich.

„Hunger?"

„Nein, du sollst mir die Wahrheit sagen."

„Also… mit Färben können wir maximal deine Original-Haarfarbe wieder hinkriegen. Aber an der Struktur ändert das nichts. Die ist leider völlig hin. Anscheinend hat jemand, der absolut keine Ahnung hat, dein Haar ziemlich ruiniert."

Das war dann wohl ich. Ich schlucke.

„Und jetzt?"

„Abschneiden!"

„Wie viel denn so?" frage ich vorsichtig.

„Alles das, was gefärbt ist."

„Dann sehe ich aus wie Sinead O'Connor?" rufe ich entsetzt.

„Ähm, ja, vermutlich so in der Art. Aber ich hätte da noch was für Dich. Für den Übergang."

Marita verschwindet im Hinterzimmer und kehrt

kurz darauf mit einem Tier im Arm zurück.

„Was soll ich mit dem Hund? Soll der optisch von meinem kahlen Schädel ablenken?"

„Das ist eine Perücke, Sophie. Ich hatte mal eine Kundin, die hat die hier gelassen, nachdem ihre Haare nach der Chemo wieder gewachsen waren. Ich hatte ihr einen schicken Kurzhaarschnitt verpasst und anschließend hatte sie die Perücke in die Mülltonne geworfen. Ich fand die zum Wegwerfen zu schade. Die ist noch gut, guck."

Marita wedelt mit dem nussbraunen Kunsthaar durch die Luft. Ich fasse es nicht. Ich bin beim Frisör und der sagt mir, ich soll eine Perücke anziehen.

Eine halbe Stunde später verlasse ich den Friseurladen. Die Perücke habe ich zusammengerollt und mir unter die andere Achsel geklemmt. Sieht aus wie maximale Axelbehaarung. Mit den kurzen Haaren fühle ich mich ein bisschen wie ein Hippie. Ein Monchichi. Oder eine Leckschwester. Was soll's. So lange ich hier drin bin, kümmert mich die Optik nicht. Und eigentlich ist Marita doch ganz nett. Sie hat mir als letzten Schliff noch ein bisschen von ihrem Make-up aufgetragen. Das ist sehr stark deckend. Man sieht die Narben jetzt nicht. Dafür habe ich mehr Falten, weil dieses Billo-Make-up die Haut ganz schön ausgetrocknet. Trotzdem fühle ich mich besser. Und Haare wachsen schließlich.

Es ist schon fast sechs. Und ich habe irgendwie noch keine Lust, zurück in mein Zimmer zu gehen. Die

74

Sonne scheint, es zieht mich nach draußen.

Als ich eine Weile auf der Bank gesessen und dem Wasser zugesehen habe, merke ich doch, dass es etwas kühl an meinem Kopf wird. Klar, raspelkurze Haare wärmen so einen Schädel eher weniger. Ich hoffe, meine Kopfhaut gewöhnt sich bald dran. Ich lasse meinen Kopf zwischen den Beinen baumeln und stülpe mir schnell die Perücke über. Schwungvoll richte ich mich auf. Mein neues Haar fliegt durch die Luft und landet auf meinen Schultern. Es ist viel und schwer. Und wärmt sofort.

Als jemand „N'Abend die Dame." in meinen Rücken spricht, erschrecke ich ziemlich. Ich habe gar nicht gehört, dass jemand kommt. Anscheinend macht die Frisur etwas taub. Als ich mich umdrehe, steht ein grinsender Stefan da.

„Oh....!" erstaunt beäugt er mein Haupt.

„Sag nix falsches!"

„Wundersames Haarwachstum?"

„Nee, eine Perücke von Marita."

„Aber hoffentlich nicht die von der Oma, die ständig Läuse hatte."

Reflexartig reiße ich mir die Perücke runter.

„War ein Schea...Oh...!".

„Sinead O'Connor, ich weiß!"

„Eher Mickey Mouse ohne Ohren."

„Du bist blöd."

„Nee, jetzt mal im Ernst. Lass die Perücke weg."

„Dann wird's aber kalt."

„Ich kann dir die ja leihen." Stefan zieht seine Mütze

aus der Hosentasche.

„Schlimmer geht immer!" sage ich.

„Wärmt den Bernd."

„Welcher Bernd?"

„Deinen Haarschnitt."

„Der heißt Bernd?"

„Klar, hab ihn gerade so getauft."

„Und du findest das nett?"

„Ich dachte, wenn er einen Namen hat, freundest du dich mit ihm an."

„Ehrlich gesagt hab ich nichts gegen meinen Bernd. Alles ist besser als diese Asi-Matte."

Stefan schaut betreten nach unten.

„Was?" frage ich.

„Naja, ich glaube, das mit deinen Haaren war meine Schuld."

„Wieso das?"

„Also…ich hatte dir die Haarfarbe besorgt. Von Aldi. Ultra-Blond. Ich hab doch von sowas keine Ahnung…"

„Das heißt wir kennen uns schon länger, als ich denke, das wir uns kennen? Also gestern…"

„Kennen würde ich das nicht nennen."

„Sondern?"

„Wir sind uns hier vor etwa einem Monat das erste Mal begegnet. So was in der Art…"

„Bitte rede nicht in Rätseln mit mir."

„Also gut. Du hast mich quasi über den Haufen gerannt. Das war an dem Tag, als du dir dein Gesicht… du weißt schon."

„…zerschnitten hast?" beende ich den Satz.

Stefan guckt betroffen nach unten.

„Ja, der Tag war's. Du warst ziemlich außer Atem. Ranntest über den Flur. Packtest mich am Schlafittchen und hast mich quasi beauftragt, dir möglichst zeitnah eine Haarfarbe zu organisieren."

„Das habe ich zu dir gesagt?"

„Naja, eigentlich hast du eher geschrien. Du warst völlig außer dir. Hast mich zu dir runtergezogen, so dass unsere Nasenspitzen uns fast berührten. Deine Originalworte waren „Besorg mir eine Blondierung, Arschloch." Ich hatte das Malatelier und sagte, ich könnte jetzt nicht."

„Und dann?"

„Und dann hast du gesagt: „Schon mal was von packen, drehen, ziehen gehört?"

„Oh Scheiße…,"

„Was blieb mir anderes übrig, ich wollte doch meine Geschlechtsteile behalten."

„Das heißt, du bist gegangen?"

„Ja, bin ich."

„Und das Malatelier?"

„Hast du übernommen."

„Was?"

„Naja, du hast doch gestern schließlich selbst gesagt, man muss da eigentlich nichts machen."

„Oh Gott…hat es funktioniert?"

„Als ich wiederkam, mit deiner Haarfarbe, hat Herbert gerade der Isolde die Nippel grün angemalt."

Mir fällt die Kinnlade runter.

„Du fandest es wohl lustig, mit den alten Leutchen am lebenden Objekt zu malen... Bodypainting nennt man das wohl."

Ich bin sprachlos.

„Am besten gefiel mir allerdings Hans-Dieter!"

Ich bin mir nicht sicher, ob ich wissen will, was mit Hans-Dieter war.

„Der war ein Wurm."

„???"

„Von oben bis unten beige angepinselt. Er ist anscheinend voll in diese Rolle gerutscht....im wahrsten Sinne."

„Ich will's gar nicht wissen."

„Er lag auf dem Boden und hat sich wie ein Wurm fortbewegt. Po nach oben, Oberkörper nach vorne strecken, Po nach oben und so weiter."

„Oh nein."

„Alles gut, die gesamte Truppe hat ihn angefeuert, weiterzumachen."

Erde tu dich auf.

„Und das Gute ist", Stefan haut mir kumpelhaft auf die Schulter „am nächsten Tag standen die alle wieder komplett angezogen im Atelier und haben brav ihre Bilder gemalt. Weil sie es vergessen hatten."

„Und das hat niemand sonst mitbekommen?"

„Nö, die Tür war ja zu und das Atelier hat keine Fenster."

„Keine Fenster? Quasi ein Altenbunker?"

„Sozusagen, der Blick nach draußen würde ablenken."

Puh, das ist gerade nochmal gut gegangen. Stefan scheint es lustig zu finden. Und ich, wenn ich ehrlich bin, irgendwie auch.

10. Kapitel

Am nächsten Tag fällt meine Sitzung bei Frau K-K aus. Frau K-K hat Flitze-Ka-Ka. Magen-Darm. Oder die Soja-Milch war schlecht. Irgendwie sowas. Das hatte Tim mir gleich brühwarm erzählt, als er um 7.03 (!!!) Uhr in meinem Zimmer aufgekreuzt war. Etwas fleischwurstaugig, weil noch total müde, war ich wohl alles andere als gesprächig.

„Guten Morgen, Sophie." Er.

„Leck mich." Ich.

„Gut geschlafen?" Er.

„Am Arsch." Ich.

So in etwa begann unsere Unterhaltung. Konnte also nur besser werden.

„Schön, dich zu sehen." Er.

„Ich seh nur Fleischwürste. Wer spricht da?" Ich.

„Steht dir gut, deine neue Frisur." Er.

„Ich finde die Haare auf deinem Rücken auch echt sexy." Ich.

„Du kannst dich an etwas erinnern?" Kleines Lächeln.

„Hä, wie kommst du darauf?"

„Ich dachte….weil….du…"

„Könntest du jetzt mal gehen?" Ich. Genervt. Wie viel Scheiße-Sein hält der denn bitte aus? Bezahlte Freundlichkeit, alles klar.

„Ich wollte nur…" Er.

„Ich wollte mir eigentlich mal was anziehen. Ich fühle mich etwas unwohl, so ganz ohne Klamotten."

„Seit wann schläfst du nackt?"

„Was geht dich das an? Könntest du jetzt mal?"

Ich mache eine völlig abwertende, rauskehrende Handbewegung.

Touché.

Tim Sturmfrisur verlässt niedergeschlagen die Löwenhöhle und wirft mir beim Gehen noch ein „Ach, übrigens, Frau Krienke-König hat Magen-Darm, eigentlich wollte ich dir das nur kurz sagen."

Und Tschüss.

Ich drehe mich erstmal noch eine Runde im Bett rum. Schlafen ist leider vorbei. Kann ich also aufstehen. Und vielleicht war das jetzt der Wink mit dem Zaunpfahl, ich soll um 10 mal ins Malatelier. Ich hätte ja quasi Zeit dafür.

Entsetzt stelle ich fest, der Raum hat wirklich keine Fenster. Eigentlich habe ich keine Lust, diesen Schuhkarton zu betreten. Irgendwie beengend. Ein bisschen Sarg-Feeling. Unschlüssig bleibe ich im Türrahmen stehen. Stefan steht hinten im Raum. An einen Tisch gelehnt. Kopf nach unten, irgendwas in sein Handy tippend, mein Blick fällt auf sein drittes Knie.

Ich bin ein paar Minuten zu spät und ein paar Omis und Opis haben schon mal angefangen. Omi Müff ist auch mit von der Partie. Ich winke ihr zu. Sie sieht mich nicht. Was daran liegen könnte, das sie sich permanent um die eigene Achse dreht und dabei der Pinsel an ihrem ausgestreckten Arm eine beige Linie nach der anderen auf das Blatt an der Wand zieht.

Und auch auf den Opi rechts neben ihr.

Und die Omi links neben ihr.

Sieht ein bisschen aus wie Fleischwurstgürtel. Oder hautfarbene Rettungsringe.

Als Stefan mich bemerkt hat, mache ich ihn dezent auf die Omi aufmerksam. Schnell tritt er an sie heran und hält sie behutsam an den Schultern fest.

„Sieglinde," so heißt sie also, „nun mal langsam. Dir wird sonst nachher noch schwindelig."

„Iwo, ich schwindel nicht."

„Pass auf, am besten du bleibst erstmal stehen."

„Ich will aber noch gar nicht gehen. Ich muss noch ganz viel von den Würmern malen. Ein große Familie."

„Also, Sieglinde, nochmal von vorne. Hier ist dein Malabstand." Stefan steht vor dem Würmerbild und zieht mit seinen langen Armen einen großen Kreis um das Bild.

In meinen Gehirn knarzt es. Hier ist dein Tanzabstand…hallt es durch meinen Schädel. Ich weiß nicht wieso, aber ich habe plötzlich das Bild von Patrick Swayze und Jennifer Grey im Kopf. In Dirty Dancing. Einer meiner Lieblingsfilme. Dängssi Dongssi. Mindestens 30 Mal geguckt. Patrick macht in etwa die gleiche Handbewegung wie Stefan gerade. Und dann rauscht er auch schon laut durch meinen Kopf. Der Soundtrack. „Time of my life." Von Bill Medley und Jennifer Warnes. 1987. Und dann: Hebefigur. Ich schließe die Augen. Durch die Dunkelheit in meinem Kopf hüpfen ein paar bunte Punkte. Dann sehe auf eine Menge von Haaren, über die die bunten Punkte gleiten. Ich erkenne keine Gesichter. Als ich mich umblicke merke ich, dass ich auf einer Bühne stehe. Alleine. Ich habe einen unangenehmen Geschmack aus einer Kippen-Cocktail-Mischung im Mund. Ich bin in einem Club. Es ist heiß. Mein Top klebt an mir. Die Decke ist relativ niedrig. Die Boxen sind völlig übersteuert. Der Refrain tut weh in den Ohren. Und noch bevor ich weiß, was ich tue, springe ich in die Menge. Ich bin Baby, denke ich. Aber da ist niemand, der mich fängt. Und so lande ich hart auf dem versifften Boden.

„Hey, Sophie, alles klar." Eine Stimme reißt mich in die Realität zurück. Stefan hält mich am Arm. „Hast du etwa im Stehen geschlafen?"

„Wiewaswo?"

„Ich muss auch mal aufs Klo! Komm, du kahl rasiertes Engelchen, wir gehen zusammen."

Und schon hat mich die kleine Sieglinde untergehakt und zieht mich den Gang entlang. Etwas verpeilt gehe ich wortlos mit. Erst als wir auf Toilette sind und Sieglinde in der Kabine verschwindet, verstehe ich, was da eben passiert ist. Das war ein Bild. Aus meiner Vergangenheit. Ein kleines Fragment. Ich kann es nicht einordnen. Zeitlich. Und auch sonst nicht. War es real oder habe ich es geträumt? Davon geträumt zu springen. Zu jemandem, der mich fängt. Ich weiß weder, was davor oder danach war. Aber es war da. Und das lässt mich hoffen. Dass es langsam wiederkommt. Stück für Stück.

Zurück im Malatelier stehe ich etwas unschlüssig vor den beiden Reihen mit den bunten Farbtöpfen. 18 unterschiedliche. Satte, kräftige Farben. Und daneben große Pinsel. Ich weiß nicht, für welche Farbe ich mich entscheiden soll. Geschweige denn, was ich malen soll. Letztendlich nehme ich einen und tunke ihn in ein schönes blau. Ich mag blau. Stefan hat für mich ein schneeweißes Papier an die mit Farbklecksen übersäte Wand gepinnt. Gleich neben der Omi, die fleißig ihre Würmer malt. Als ich den ersten Strich auf das Papier ziehe, bin ich überrascht, wie schön sich das anfühlt. Der Pinsel ist durchtränkt mit Farbe und schwebt förmlich über das Papier. Ohne dass ich den Pinsel anfasse, weiß ich, dass er sich total weich anfühlt. Oberweich. Ich kann gar nicht mehr aufhören. Renne immer wieder zum Farbtopf, um den Pinsel einzutunken. Zum Papier. Zur Farbe. Zum Papier. Wie in Trance.
„Ich glaube dein Bild ist fertig."
Stefan hält mich am Arm fest. Als ich zum ersten Mal bewusst auf das Papier schaue, kriege ich fast einen Lachanfall. Die Seite ist komplett blau. Was für ein Kunstwerk. Mit zwei Augen zugedrückt und viel good-will wäre es wohl ein unifarbener Rothko. Oder realistisch betrachtet die Tränke für die Regenwürmer, die von links auf das Bild zukriechen. In Wirklichkeit ist mir das irgendwie peinlich. Eine blaue Seite. Wow!

Toll!

Ich bin froh, dass Stefan nix dazu sagt.

Den Rest des Tages verbringe ich im Liegestuhl auf meinem Balkon. Ich bin total angespannt. Irgendwie lässt mich diese Szene aus diesem Club nicht mehr los. Ich WILL wissen, was das war. Echt oder Traum. Ich lasse die Bilder immer wieder vor meinem inneren Auge vorbeiziehen, in der Hoffnung, dass sich noch etwas davor oder dahinter auftut. Aber so sehr ich mich auch anstrenge, konzentriere, es passiert nichts. Ich habe keine Erinnerung an das, was davor oder danach war. Langsam werde ich wütend.

In dieses Wütendendsein schlurft dann irgendwann auch noch Tim. Meine Augen funkeln ihn an, ich weiß, er kann nichts dafür, aber irgendwo müssen die Blitze schließlich einschlagen. Mit hängenden Schultern betritt er die Terrasse.

„Na du!"

„Hi." gebe ich kühl zurück.

„Ich wollte mich kurz von dir verabschieden."

„Wohin gehst du?"

„Weg."

„Weg?"

„Wir denken, ich kann hier nichts mehr für dich tun."

„Denken WIR das also, ja?" Erste Lavabrocken fliegen aus meinem Vulkan.

„Ja."

„Das ist ja toll, dass IHR das so seht. Kann mich vielleicht mal irgendjemand fragen, bevor hier irgendeine Entscheidung, die mich und mein Leben betrifft, getroffen wird?" Zweites Lavabröckchen.

Tim lässt niedergeschlagen den Kopf hängen. Als er weiterspricht, schaut er mich nicht an.

„Sophie," er klingt irgendwie ziemlich traurig, „wann immer ich hier in den letzten Tagen aufgekreuzt bin, scheinst du aus irgendeinem Grund wütend auf mich zu sein. Ich weiß nicht warum, aber anscheinend regt dich alleine meine Anwesenheit auf. Ich glaube, dass das so nicht gut für dich ist. Deswegen habe ich in Rücksprache mit deinen Eltern und Dr. Humpert beschlossen, dass du ab dem jetzigen Zeitpunkt besser alleine sein solltest."

Ich frage mich, warum jemand, der dafür bezahlt wird, etwas zu tun, die Freiheit hat zu entscheiden, wann er seinen Job hinschmeißt.

„Für den Fall, dass du deine Meinung ändern solltest, kannst du mich jederzeit anrufen."

Er legt einen Zettel auf meine Kommode.

Als er mein Zimmer verlassen hat, bin ich plötzlich sehr, sehr traurig.

11. Kapitel

In dieser Nacht träume ich.

Total klare Bilder. Wie in HD. Fühlt sich total real an.

Ich sitze auf einer Wiese und habe Durst. Ich bin in einer hügeligen Landschaft. Ich war noch nie hier. Ich weiß nicht, wo genau ich bin und wie ich hierhin gekommen bin. Ich höre Meeresrauschen. Es zieht mich zum Meer. Ich muss dorthin. Wo ist es? Ich stehe auf und drehe mich im Kreis. Zunächst langsam. Ich versuche herauszufinden, aus welcher Richtung das Rauschen kommt. Dann drehe ich mich immer schneller. Ich kann das Rauschen nicht orten. Noch schneller. Immer weiter. Die Landschaft vermischt sich zu einer verschwommenen Suppe. Ich kann nicht aufhören mich zu drehen. Weiter. Immer weiter. Mir ist schwindelig. Dann ist mir kotzübel.

„Sophie?" Eine sanfte Stimme holt mich zurück in die Wirklichkeit. Rülpsend wache ich auf. Draußen ist es stockfinster. In meinen Zimmer herrscht Mondschein-Beleuchtung. Jemand sitzt an meinem Fußende. Ich bin etwas benommen. Wer sitzt da?

„Ich binnet, Lulu."

Hatte ich die Frage laut gestellt?

„Solltest du nicht in der Küche sein?" Wie abwertend.

„Nä du, normalerwies deit ich jätz schlofe, äwwer die Naachschwester hät jätz och dä Dress!"

„Was für einen Mist denn?"

„Dönndress."

„Oh…!"

„Mäht nix. So sinn ich och ens jet anderes. Immer nur Ääpel un Öllich schille mäht och net immer Freud."

Ich bin irgendwie geschockt. Anscheinend gibt es im Elisabeth-Haus eine sehr pragmatische Art, mit Personalausfällen umzugehen. Flexibles Arbeitsplatzmanagement. Vermutlich hat sich noch niemand beschwert. Vorteil des Vergessens. Vermutlich.

„Und wenn es nachts mal einen Notfall gibt? Was machst du dann? Kartoffelwickel auf die Stirn? Zwiebelsäckchen aufs Ohr?"

„Schätzelein, wat meinste, wat minge Flachmann schon för Wunder bewirkt hät?"

„Du flößt den Omis und Opis nachts Alkohol ein?" Ich fasse es nicht.

„Nit irjendeine, nur bester, hochprozentiger Schabau. Willste ens pröbiere? Dat flupp, sach ich dir."

Aufmunternd streckt sie mir die silberne Flasche entgegen.

Ich nehme einen kleinen Schluck. Kann ja nix schaden. Und muss fast brechen. Fernet Branca. Handwarm. Hätte ich mir ja denken können. Ich würge das Zeug runter. Will ja nicht unhöflich sein. Lulu nimmt auch einen kräftigen Schluck.

„Boah…dat jeht runger wie Öl. Iset dir besser jätz?" Ich nicke stumm.

„Siehste, hann isch dir ja jesaht….Un sünz su?"

„Wie meinst du das?"

„Alles…fit…im…Schritt?"

„Du meinst…ob es mir gut geht?"

Lulu nickt. „Isch haddn dat Jejöhl, du möhtz jätz jet verzälle…"

„Jetzt sag bitte nicht, du machst den Job von Frau Krienke-König auch noch?"

„Nä, hör mar bloß up, mit dem Zubbeldier… ich dachte su von Kölsch Määdche zu Kölsch Määdche."

Fragend blicke ich Lulu an.

„Na juut, eijentlisch häste ewwens, als du jedröümp häss, die janze Zick denne Name vun dinge Tuppes jeroofe. Un ich dachte, da du ja heh so allein bess, un dinge Tuppes schrecklisch vermisse dehs, brözde jätz jemand zum Palaawere."

„Freund? Welcher Freund? Soweit ich weiß bin ich Single."

Schweigen.

„Un wä is dann dä Stefan?"

„Ach der…der arbeitet doch bloß hier."

„Du meins denn, der immer unge in däm Kabuff steht und nie jet deht."

„Genau der."

„Un vun dem Lulatsch dröümps de?"

„Äh… nicht, dass ich wüsste."

Lulu nimmt noch einen Schluck. Dann tätschelt sie meine Hand.

„Du bruchs disch nit schamme. Dä is doch janz nett. Un Ü-70. Hätte schlimmer kumme künne. Un solang der Tünn nit singe Name danz, is doch alles juut."

Lulu kichert.

Schwerfällig erhebt sich sich von meinem Bett.

„Eins musste mir verspreche!"

„Was denn?"

„Du dehs klingele, wenn de noch ne Schluck bruchs."

„Ja, klar. Danke, Lulu."

„Mir Kölsch Määdche halde doch zesamme…da kanns de dich drupp verlosse."

Als die Tür ins Schoss fällt, mache ich das Licht an. 3:52. Ich weiß nicht, ob das was bringt, aber irgendwie habe ich das Gefühl, das, was ich geträumt habe, aufschreiben zu müssen. Vielleicht aus Angst, es wieder zu vergessen. Vielleicht hat es auch keine Bedeutung. Vielleicht sind es Teile. Wie ein Puzzle. Und am Ende ergibt alles ein großes Ganzes. Vielleicht spinne ich gerade völlig und sehe Dinge, die nicht existieren. Und suche nach Spuren, die keine sind, sondern ins Nichts führen. Als ich das Notizbuch aufklappe, habe ich ein komisches Gefühl. Vielleicht ist es nur die leere Seite, die mich förmlich mit ihrem Leersein anleuchtet und das Gefühl in mir auslöst. Eine Parallele zu meinem Gehirn. Leere. Als ich anfange zu schreiben, weiß ich, ich mache das nicht zum ersten Mal. Spontan erinnere ich mich an eine Zeit, als Teenager, in der ich Tagebuch führte. Irgendwo in einer Kiste im Keller meiner Eltern gibt es ein rot eingebundenes Tagebuch. Irgendwo in der Mitte klebt da, eingewickelt in Unmengen an Tesafilm, ein Kaugummi. Den hatte ich im Mund, als mich ein Junge mit 13 Jahren zum ersten Mal küsste. Ich weiß nicht mehr, ob ich über mein erstes Mal geschrieben habe. Ich weiß zumindest sicher, dass da nirgendwo ein mumifiziertes Kondom klebt. Daran würde ich mich bestimmt erinnern. Pfui.

Ich beginne zu schreiben…

12. Kapitel

Etwas müde und unmotiviert stehe ich am Morgen vor meinem weißen Blatt im Malatelier. Stefan hat das blaue weggenommen. Und ich hatte die Hoffnung, ich könne mir das nochmal anschauen und vielleicht beim zweiten Mal hingucken irgendetwas darin finden. Mist. So habe ich zum zweiten Mal an diesem Tag diese Leere mir gegenüber, dieses Mal großformatig. Etwa DIN A3. Als sich mein Verstand meldet, drehe ich mich zur Farbpalette um und greife etwas trotzig zu dem blauen Pinsel. Ich weiß, was ich tun muss. Ich lasse mir nichts wegnehmen. Ich möchte selber entscheiden, wo ich weitermache. Schnell habe ich das komplette Papier blau angemalt. Als ich mich rumdrehe, schaut Stefan mich ziemlich fragend an. Ich strecke ihm die Zunge raus. Ich trete ein paar Schritte zurück und schaue durch meine zusammengekniffenen Augen auf die blaue Fläche.

Blau.

„Vielleicht ein Himmel?" denke ich laut.

Sieglinde strahlt mich von links an.

„Nein, Engelchen, erst am Sonntag wieder."

Ich weiß, was sie verstanden hat. So langsam glaube ich, sie versteht mich absichtlich falsch. Das ist ihre Tarnung. Von wegen Hörgerät weg, leer oder sonst irgendwas. Kleine, versaute Omi.

Ich mache die Probe aufs Exempel.

„Nachts sind alle Katzen grau?"

„Grün und blau, schmückt die Sau."

Na bitte.

Instinktiv greife ich nach dem grünen Pinsel. Wieso nicht. In die Mitte vom der blauen Fläche mal ich einen grünen, großen Punkt.

Aha.

Wieder trete ich einen Schritt zurück und schaue mir das Bild an. Was soll das sein? Ein Stück blauer Himmel mit einer grünen Warze? Ein Mömmes? Eine Flagge von irgendeinem Land? Ein Karton mit einem Loch zum Reingucken und dahinter ist etwas? Ich hebe das Bild an. Natürlich ist dahinter nix. Kein versteckter Tresor oder so. Nur die bunten Streifen von irgendwem, der das Blatt anscheinend nicht getroffen hat.

Mist, ich komme hier nicht weiter. Ich schaue nach links. Die Omi malt immer noch ihre Würmer. Allerdings sind diese wild ineinander verknotet auf einem großen Haufen. Sieht aus wie Gruppensex! Rechts neben mir ein Opi, der akkurate Linien regenbogenartig zu Papier bringt. Ob er schwul ist? Ordentlichkeitsfanatiker? Schienenverleger? EAN-Code-Entwerfer? Mikado-Profispieler?

Als Stefan mir von hinten auf die Schulter tippt, drehe ich mich leicht wütend um. Anstelle von seinem Gesicht sehe ich auf eine messingfarbene Dose. Bonduell oder so. Keine Ahnung, weil das Etikett fehlt. Stefan schaut irgendwie verlegen nach unten.

„Was ist das?" frage ich.

„Für Dich."

„Von?“

„Mir!“

Ich halte die Dose in meinem Händen und betrachte sie. Sie ist leicht. Offensichtlich keine Erbsen und Möhren mehr drin. Und war schon mal geöffnet. Der Deckel wurde mit Klebeband wieder verschlossen.

„Was ist da drin?“

Ich schüttele die Dose. Und höre nichts.

„Du hast gestern den Soundtrack von Dirty Dancing gesummt.“

„Mmmh?“

„Als du vor deinem Bild standest und so verträumt aussahst.“

„Hab ich nicht.“ Kann mich zumindest nicht dran erinnern.

„Ich dachte, jetzt sei vielleicht der richtige Zeitpunkt für dich.“

„Für was?“

„Für das, was da drin ist.“

Nervös piddel ich an dem Klebeband. Klebt wie Sau. Grün und blau.

„Warte.“ Stefan legt seine Hand über meine.

„Worauf?“

„Mich.“

„Hä?“

„Du solltest das nicht alleine öffnen.“

„Weil?“

Schweigen.

„Verdammte Scheiße. Stefan. Was soll das? Hör auf, in Rätseln zu reden.“ Ziemlich laute, wütende Stimme.

Niemand malt mehr. Alle Omi- und Opi-Augen sind auf uns gerichtet. Wir sind ein Epi-Zentrum, irgendwie. Zumindest ich. Ich vibriere, irgendwie.

„Du solltest das einfach nicht alleine lesen."

„Dann lass mich doch die Dose öffnen, sind ja genug Leute hier." Wütend funkel ich ihn an.

„So meinte ich das nicht."

„Sondern?"

„Ich dachte, wir treffen uns vielleicht im Anschluss auf der Bank am kleinen See."

„Das hast du dir also so gedacht, ja?"

„Ja…"

„Baggerst du mich gerade an?"

Stefan schweigt.

Und ein Opi beginnt zu singen: „Ja wer baggert da so spät noch am Baggerloch, das ist Stefan mit dem Bagger und der baggert noch…" Die alten Leutchen kichern.

Ich finde das nicht witzig. Echt nicht. Ich klemme mir die Dose unter den Arm und stampfe aus dem Raum.

Als ich auf der Bank am kleinen See sitze, ziehen dunkle Wolken auf. Die Dose sitzt neben mir. Wenn sie könnte, würde sie wohl auch auf das Wasser gucken. Ich habe die Finger ineinander verschränkt und drehe nervös Däumchen. Diese Scheiß-Dose macht mich unruhig. Ich bin hin und her gerissen zwischen einfach aufmachen und einfach nicht aufmachen. Ich weiß nicht, was Stefan mit dem, was er zu mir gesagt hat, gemeint hat. Und ich kann mir nicht vorstellen, was es sein könnte, das mich so aus der Bahn werfen würde, eventuell. Irgendwie habe ich trotzdem ein bisschen Angst. Alle reden nur in Rätseln mit mir. Zumindest wenn es meine Vergangenheit betrifft. Das ist Scheiße. So langsam fange ich an zu glauben, ich habe eine düstere Vergangenheit. Dann würden diese Heimlichtuereien zumindest Sinn ergeben. Vielleicht war ich ja eine Geheimagentin. Oder eine Auftragskillerin. Oder arbeite beim Begleitservice. Betreibe einen Männerharem. Lasse Kinder im Keller in Fließbandgeschwindigkeit Bilder malen und verkaufe diese für Millionen auf dem Kunstmarkt. Sowas in der Richtung.

Wortlos nimmt Stefan neben der Dose Platz. Ich tue so, als würde ich ihn nicht sehen und gucke weiter starr aufs Wasser. Die Dose sitzt zwischen uns. Und sieht aus wie ein Teil eines Dosentelefons. Mit W-Lan weil ohne Kabel. Und ohne Gegenstück. Ein Teil von Etwas, das kein Ganzes mehr ist. Irgendwie so wie ich.

Mein Herz schlägt mir bis zum Hals, als ich die Dose nehme und mühsam das Klebeband entferne. Der Deckel gleitet schließlich von der Dose und landet geräuschlos auf der Wiese. Ich drehe die Dose ein bisschen, so dass ich hineinschauen kann. Ich sehe einen weißes, zusammengefaltetes Blatt Papier. Ich atme erleichtert aus. Und gleichzeitig frage ich mich, was ich wohl erwartet habe. Eine Bombenexplosion?

Ein Hologramm? Einen Miniaturstripper?

Ich falte das Papier auseinander. Es ist eine Seite. DIN A4. Bedruckt mit einem Text. Ich lese den ersten Satz: „The day after…"

Spontan fällt mir der gleichnamig Film ein. Anfang der 80er. Fiktiver Atomkrieg. Danach ist Amerika im Arsch. Geht ja gut los. Lieber hätte ich einen Text, der mit „Einzelne Spuren im Sand…" beginnen würde.

Ich schaue rüber zu Stefan, der mich erwartungsvoll anguckt.

Na gut, dann lese ich jetzt mal…

The day after… Ich bin verkatert, verwirrt, verletzt. Eine unheilvolle Kombination. Ich weiß nicht mehr genau, was gestern passiert ist, noch wie ich nach Hause gekommen bin.

Ich weiß nicht, wo du bist. Ich weiß nicht, wann ich das letzte Mal auf einer Party so abgekackt bin. Eigentlich hatte ich gehofft, mit Ü-30 würde man seine Grenzen kennen. Sollte man. Ich anscheinend nicht. Es gibt noch einen kleinen Funken Hoffnung. Vielleicht hat mich ja jemand betäubt. Mit K.O.-Tropfen. Und ich bin gar nicht selbst verantwortlich dafür, wie beschissen ich mich gerade fühle. Auf allen erdenklichen Ebenen. Kopf, Herz, Körper. Und dabei fing alles so gut an. Erster Donnerstag im Monat. Verabredung mit „den Mädels" zum Tanzen. Im Didi's.

„Was ist das Didi's?" frage ich.

„Die Tanzbar von Detlef und Dieter. Kölner Altstadt. Eigentlich heißt die Bar ja D&D, aber das erinnert dich eher an monstergroße Möpse."

„Sagt wer?"

„Na, du!"

„Und woher weißt du das bitte schön?"

„Lies einfach weiter…"

Ich stand an der Bar. Erster Apérol Spritz. Lässig an der Theke gelehnt. Erstmal kurz Leute checken. Dann Blick auf die Uhr. Zweiter Apérol Spritz. Dann Blick zum Ausgang. An diesem Abend war ich zum ersten Mal unruhig. Weiß nicht wieso. Manchmal kamst du etwas später. Berufsverkehrbedingt. Völlig normal. Gestern also auch. Nach dem dritten Apérol Spritz und diversen Aufforderungen zum Tanzen, die ich munter durchgewinkt hatte, beschloss ich dann auf die Bühne zu gehen. Ort für diejenigen, die ohne Partner da sind. Sehen und gesehen werden. Oder einfach arroganten Blick aufsetzen und alleine Tanzen. Die anderen waren mir egal. Als ich endlich mal auf die Idee kam auf meine Handy zu schauen, waren da drei Nachrichten von dir. Hätte ja auch mal früher nachschauen können, ich Esel.

(18:34) Komme hier nicht weg, wird wohl was später. 🌬️

(18:52) Bin jetzt auf dem Weg, sorry! 🌬️

(19:17) Bin laut Navi in 25 Minuten da. 🌬️

Inzwischen war es kurz nach 20 Uhr. Wo zum Teufel stecktest du?

Als der dritte Spritz endlich wirkte, konnte ich aus diesem Scheiß Wartemodus aussteigen und gab mich der Musik hin. Ich schloss die Augen und ließ mich von den Beats davontragen. Ich fühlte mich befreit. Dann kam unser Lied.

Und es katapultierte mich schlagartig zurück in diesen Tanzbunker. Benebelt öffnete ich die Augen. Leicht schielender Blick. Und dennoch sah ich dich, hinten, am Eingang stehend, dein Gesicht angestrahlt vom Display deines Handys. Schnell zückte ich meins und schickte dir quer durch den Raum eine Nachricht:

3…2…1… fang mich!

Du schautest nach oben, lächeltest, dein leuchtendes Handy verschwand. Ich konnte im bunten Licht der tanzenden Discokugel nur erahnen, dass du dabei warst, dir einen Weg durch die tanzende Menge zu bahnen. Ich ging schon mal in die Knie, bereit zum Absprung. Die Menge hatte dich verschluckt. Dann war das Lied plötzlich vorbei. Und ich war nicht gesprungen. Da waren keine hochgestreckten Hände gewesen, auf denen ich hätte landen können. Mein Handy vibrierte. Eine Nachricht von dir:

💩💩💩 Muss SOFORT nach Hause. Sorry, ich kann heute nicht bei dir sein. Ich hätte es wissen müssen.

Ich verließ fluchtartig das Didi's. Vergaß meine Jacke. Rief dich an. „Der Teilnehmer ist vorübergehend nicht erreichbar…" Dein Handy war aus. Plötzlich tat mir alles weh. So, als wäre ich von einem Laster überfahren worden. Oder als wäre ich gesprungen und du hättest mich nicht gefangen.

Was zum Henker ist das?
Ich schaue irritiert zu Stefan, der mich plötzlich ganz warm anguckt. Was soll das? Erwartet der jetzt etwa, dass ich ihm aus Dankbarkeit für diesen Quatsch um den Hals falle?
Schweigen.
Stefan grinst mich blöde an.
Ich öffne den Mund, um einen doofen Spruch zu lassen, als es mir plötzlich wie Schuppen aus den Augen fällt. Der Club. Ich auf der Bühne. Ich habe das so ähnlich gesehen. In meiner Erinnerung. Um ehrlich zu sein, exakt so. Bis auf dass ich in meiner Erinnerung wohl gesprungen bin, in dem Text aber nicht.
„Wer hat das geschrieben?"
„Du!"
„Wann?"
„Es ist etwa vier Monate her."
„Wer von beiden ist nicht gekommen? Annica oder Charlotte?"
„Du hast weder auf Annica noch auf Charlotte gewartet."
„Sondern?"
„Auf deinen Tanzpartner."
„Moment mal", schnell sucht mein Finger den Text ab. „Hier steht: Verabredung mit den Mädels."
„In Gänsefüßchen."
„Mmh?"

„Die Mädels."

„Mädels mit Gänsefüßchen? Sind das besondere Schuhe oder so? Was heißt das Stefan?"

„Das heißt, dass du gar nicht mit deinen Freundinnen verabredet warst."

„Wieso schreib ich das dann?"

„Weiß ich nicht."

„Wieso hast du diesen Text überhaupt."

„Weil ich dachte, er hilft dir vielleicht."

„Das beantwortet meine Frage nicht."

„Weiß ich."

„Dann antworte doch, mann, ich versteh nicht, warum DU mir DIESEN Text gibst, den ICH angeblich geschrieben habe."

„Nicht angeblich, ich bin mir da ziemlich sicher."

„Wie kannst du dir so sicher sein?"

„Ich weiß es einfach, o,k,? Darum geht es hier gerade gar nicht."

„Sondern?"

„Darum, ob du dich an diesen Abend erinnerst."

„Nein, Mensch, oder hattest du etwa an eine Art Wunderheilung gedacht, nur weil du mir diesen Text gibst?" Ich werde laut. Ich hasse es, wenn jemand nicht zum Punkt kommt, sondern permanent um den heißen Brei redet.

„Ich will dir nur helfen, Sophie!"

Es klingelt. Nicht an der Tür, sondern in meinem Kopf.

„Meine Eltern bezahlen dich also auch, ja?"

„Was....?"

„Ja, komm, ist klar", wütend stehe ich auf, „ich brauche diese Babysitter-Scheiße nicht, klar?"

Stefan fällt die Kinnlade runter. Ich stopfe mir die Zettel in die Hosentasche klemme mir die Dose samt Decke unter den Arm. Ein Regentropfen fällt mir auf die Nase. Dann noch einer und plötzlich stehe ich in einem Platzregen. Mit großen Schritten stolziere ich über die Wiese Richtung Elisabeth-Haus. Ich schaffe es noch, ein wutentbranntes „Ihr könnt mich alle mal am Arsch lecken." in Stefan's Richtung zu brüllen, bevor mir die Tränen über die Wangen rollen.

13. Kapitel

Am nächsten Morgen ist Frau K-K wieder gesund. Erstaunlicherweise freut mich das. So komme ich nicht in Versuchung, ins Malatelier zu gehen und Stefan auf die Fresse zu hauen. Ich bin immer noch ziemlich wütend. Was irgendwie unfair ist. Eigentlich hat er mir nichts getan. Er kann schließlich nichts dafür, dass meine bescheuerten Eltern ausgerechnet ihn beauftragt haben. Er macht nur seinen Job. Irgendwie muss ja jeder Geld verdienen. Und trotzdem will ich ihn nicht sehen. Ich finde ihn echt nett. Und unterm Strich weiß ich nicht, ob die mit Sicherheit überdurchschnittliche Entlohnung der Grund für seine nette Art ist.

„Hat man sie auch gekauft?" frage ich ziemlich pampig.

Frau K-K schaut mich etwas hohläugig und fahl an. Dieser Virus hat eindeutig nicht zu einer lebendigeren Ausstrahlung beigetragen. Da reißt auch der geflochtene Kunsthaarzopf, den Frau K-K wie ein Stirnband trägt, optisch nichts raus. Anscheinend hat ihr niemand gesagt, dass man die Dinger wie ein Haarreif trägt und nicht als Verlängerung der Augenbrauen.

„Was meinen sie damit?"

„Ob meine Eltern sie bezahlen?" Ziemlich zickige Stimme würde ich sagen.

„Sie machen sich Sorgen um meine Bezahlung?" Frau K-K runzelt die Stirn, was zur Folge hat, das

ihre Augenbrauen hinter dem Haar-Stirnband verschwinden.

„Ich mache mir Sorgen darüber, wem ich in diesem
Scheißhaus hier vertrauen kann."

„Sophie, ich gebe ihnen mein Wort, dass die Dinge,
die wir hier besprechen, auch in diesem Raum bleiben. Das gehört doch zum Berufsethos." Wenn sie
könnte, würde sie mir vermutlich jetzt gerne wohlwollend auf die Schulter klopfen.

„Aber sie müssen doch bestimmt einen Bericht oder
sowas in der Art über die Sitzungen hier schreiben,
oder etwa nicht?" frage ich skeptisch.

„Nicht nach jeder Sitzung, nein. Am Ende verfasse
ich einen Abschlussbericht, der Aussagen über ihren
geistigen Zustand und Empfehlungen für ihren weiteren Therapiebedarf gibt. Das bespreche ich dann
mit Dr. Humpert. Die Entscheidung trifft dann letztendlich er."

Also gut, das hört sich soweit o.k. an. Ich glaube das
dann mal. Beste Freundinnen werden wir trotzdem
nicht werden. Allein schon der schrecklichen Frisu-
ren wegen.

„Möchten sie über ihren Haarschnitt sprechen?"
Scheiße, die Frau kann Gedanken lesen.

„Wurde mir ein Gedanken-Lesechip implantiert?"
Nervös taste ich meinen Kopf und die obere Wirbel-
säule ab.

„Sophie, sie werden mir doch wohl zustimmen, dass
sie sich einer radikalen Typveränderung unterzogen
haben."

„Das war eher vorher."

„Wie genau meinen sie das?"

„Meinen sie etwa, dass die blonden Asi-Strähnen typgerecht waren?"

„Dazu kann ich nichts sagen." Natürlich nicht. Es beruhigt mich, dass sie zumindest hin und wieder in den Spiegel zu gucken scheint. Nicht viele Menschen sehen ein, dass sie keinen Geschmack haben.

„Und wieso fragen sie dann?"

„Meistens wollen Menschen, die extreme Veränderungen an sich vornehmen, damit irgend etwas zum Ausdruck bringen."

Aha, und was will dann Frau K-K mit diesem Haarstirnband sagen? Schaut her, ich leide an chronischem Aftersausen und deswegen trage ich jesusmäßig diesen Dornenkranz für Luschis?

Und in meinem besonderen Fall wäre es dann ja wohl:

Haare weg = Hirn weg.

Natürlich ist jetzt klar, dass ich beim nächsten Mal hier mit der Perücke auftauchen werde. Mal sehen, wie Frau K-K das dann interpretiert. Oder ich mache mit ihr einen heimlichen Mostly-bad-hair-contest. Heute hätte sie gewonnen. Definitiv.

„Ich wollte einfach nicht mehr aussehen wie Chantal Schmitz. Das ist alles."

„Ist das ihr Künstlername?"

„Künstler? Soweit ich weiß, bin ich relativ talentfrei. Hätten sie meine Bilder im Malatelier gesehen, würden sie mir zustimmen. Das kann ich zumindest schon mal ausschließen."

„Wissen sie denn, was sie beruflich machen?"

Kurz überlege ich, ob ich sie fragen soll, ob sie denkt, dass ich mir die Amnesie nur ausgedacht habe, um ein paar Wochen auszusteigen und blau zu machen

„Prostitution", sage ich stattdessen.

„Sophie", ermahnt Frau K-K mich mütterlich. „Also nicht?"

„Also nicht."

Frau K-K steht auf und hält mir eine Zeitung vor die Nase, die sie anscheinend hinter dem Rücken hervorgezaubert hat. Der Express. Kölner Käse-Blatt hoch zehn. Ich bin kurzzeitig entsetzt, dass sie anscheinend denkt, ich würde sowas lesen.

„Was soll ich damit?"

„Vielleicht können wir ihre Erinnerung hiermit ein bisschen anschuppsen: Auf Seite 6 oben rechts steht ein kurzer Artikel über den Unfall."

Ich starre die Zeitung an. Wieso denkt Frau K-K, dass ich wissen will, was mir passiert ist. Wie es passiert ist. Frau K-K raschelt ungeduldig mit der Zeitung.

„Na, nehmen sie sie schon."

Meine rechte Hand schnellt wie eine Krötenzunge nach vorne, greift die Zeitung und schiebt sie blitzartig unter meine linke Pobacke. Es knistert. Keine Ahnung, warum ich das tue. Vielleicht hoffe ich, dass die Zeitung in meiner Kimme auf nimmer Wiedersehen verschwindet.

„Wollen sie es gar nicht wissen?"

Doch, klar, natürlich! Deswegen sitze ich ja auch mit meinem Arsch drauf. Es dauert noch ein paar Minuten und dann verschwindet der Artikel in meinem Arschloch und wird dann refluxartig durch mein Verdauungssystem direkt ins Gehirn eingespeist.

Irgendwie zweifle ich gerade an den Fähigkeiten von Frau K-K. Da muss man nicht mal Psychologie studiert haben, um zu kapieren, dass ich nichts über den Unfall wissen will. Jetzt nicht. Und vielleicht niemals. Ich habe echt keine Lust auf irgendwelche posttraumatischen Alpträume.

„Was soll mir das bringen?"

„Betrachten sie es als eine Art Puzzleteil ihrer Vergangenheit. Vielleicht deckt es andere Teile auf. Und vielleicht geben am Ende viele Teile ein großes Ganzes. Eine andere Möglichkeit sehe ich im Moment für sie nicht, Sophie."

Prima, versucht sie mir gerade durch die Blume zu sagen, dass ich ein hoffnungsloser Fall bin? Irgendwo, tief in mir drinnen, fängt dieser blöde Vulkan schon wieder an zu brodeln. Ich kann da nix gegen tun. Vielleicht helfen ein paar deeskalierende Übungen. Ich beginne laut zu atmen, vielmehr ist es ein Schnaufen. Eisenbahnmäßig. Nach gefühlten 30 Minuten und 576.458 mal Ein- und Ausatmen bin ich deutlich entspannter. Und nochmal. Einatmen, bis 7 zählen, durch den Mund ausatmen, bis 7 Zählen. Und wieder von vorne. Frau K-K beobachtet mich unbeeindruckt und regungslos. Sollte ich jemals mit ihr „Armer schwarzer Kater" spielen, würde sie vermutlich immer gewinnen. Unglaublich, welche mimiklose Ausstrahlung so ein Psychologe haben kann. Aber wer weiß, wie es hinter diesem leeren Blick aussieht. Vermutlich Kopf-Kino vom allerfeinsten. Vielleicht kann sie sogar ihre Augen von ihrem Kopf abkoppeln. Oder so. Ich warte darauf, dass ihre ausgestöppselten Augen anfangen, wild und unkontrolliert durcheinander zu rollen. Tun sie aber nicht. Sie starrt mich immer noch an. Meine Güte, ist gut jetzt.

„Ist ja gut, sie haben gewonnen."

Was bleibt mir anderes übrig. Ich reiße die Zeitung unter meinem Hintern hervor. Blättere hektisch auf Seite 6. Und schlucke bei dem Bild, das ich da sehe. Es ist ein schwarzer Wagen. Zumindest war es mal einer, jetzt nur noch stellenweise. Der Rest sieht aus wie ein riesiges, aufgeschurfeltes Knie. Das Dach ist ziemlich eingedrückt. Die Fensterschreiben sind weg. Die Schnauze ist etwa um die Hälfte verkürzt. Der Airbag hängt schlaff am Lenkrad runter. Ich schlucke mehrmals. Da soll ich drin gewesen sein?

Ich lese den Text unter dem Bild:

Frau in Lebensgefahr

Unfall am Autobahnkreuz Bonn-Nord:

Auto rast gegen Baum

Am Autobahnkreuz Bonn-Nord ist am Donnerstag Nachmittag ein Pkw verunglückt. Aus noch ungeklärter Ursache kam der Wagen von der Straße ab und raste gegen einen Baum.

Die Fahrerin lenkte den VW von der A565 auf die A555 in Richtung Köln. In der Kurve aber fuhr der

Wagen plötzlich geradeaus weiter, schoss von der Auffahrt ins Grüne und kam erst an einem Baum zum Stehen. Dabei wurde die Fahrerin (38) eingeklemmt und lebensgefährlich verletzt. Sie musste mit einem Hubschrauber ins Krankenhaus gebracht werden.

Wegen des Hubschraubereinsatzes musste die Autobahn an der Stelle für zwei Stunden gesperrt werden.

Wie es zu dem Unfall kommen konnte, ist unklar. Möglicherweise hat die Fahrerin in der Kurve zu viel Gas gegeben. Zur Untersuchung hat die Polizei den Wagen sichergestellt.

Ich lache laut auf.

„Wieso lachen sie?" fragt Frau K-K.

„Weil das gar nicht mein Wagen ist. Ich fahre einen roten SLK."

„Glauben sie mir, Sophie, das ist ihr Wagen. Ich habe mir die polizeiliche Akte schicken lassen. Der Wagen wurde vor etwa 5 Jahren auf ihren Namen zugelassen."

Ich runzle die Stirn. Wieso sollte ich so eine hässlich Karre fahren. Was ist aus dem SLK geworden, den meine Oma mir zum 30sten geschenkt hatte?

„Die Polizei hat zwischenzeitlich auch die Unfallursache gefunden." fährt Frau K-K fort. „Ihr Handy wurde in ihrem Fußraum gefunden. Ihre Handtasche im Fußraum des Beifahrersitzes. Mit ziemlicher Sicherheit haben sie während der Fahrt ihr Handy benutzt. Vermutlich eine Nachricht getippt. Und waren deswegen für einen Moment unaufmerksam. Und das ausgerechnet in der Kurve. Wahrscheinlich haben sie die Kontrolle über den Touran verloren."

Ich habe die Kontrolle verloren, hallt es in meinem Kopf nach.

Ich bin kein unkontrollierter Mensch.

Wie konnte mir das passieren.

Ich bin nicht unvorsichtig.

NIE.

Ich passe immer auf.

Bringe mich nicht in Gefahr.

Ich tue nichts unüberlegtes.

Ich trinke maxmimal ab und zu einen über den Durst.

Aber nur, wenn ich mit den Mädels unterwegs bin.

Wir passen auf uns auf. Ich kann mich auf sie verlassen.

Ich tue nichts was man nicht tut.

Ich bin vernünftig.

War ich schon immer.

Das liebe, pflegeleichte Kind, das man überall hin mitnehmen konnte.

Wieso konnte ich so leichtsinnig sein, während der Fahrt eine Nachricht zu schreiben?

In einer Kurve?

Und was hat mich da tatsächlich aus der Kurve geworfen?

14. Kapitel

Ich habe die Express zu dem Text in die Dose gestopft. Tim's Nummer ist auch da. Die Dose steckt
jetzt in der Kommode. Ich kann nicht behaupten,
dass „aus den Augen aus dem Sinn" immer funktioniert. Eher das Gegenteil. Diese Fetzen meiner Vergangenheit kleben mir förmlich unter dem Pony.
Meine Gedanken kreisen. Ich kann nicht aussteigen.
Seit 3 Tagen. Endlosschleife. Randommodus. Ich versuche verzweifelt, einen Zusammenhang herzustel-
len, den es vielleicht gar nicht gibt.
Ich habe tausend Fragen, zu denen ich keine Antworten habe.
Wieso hatte Stefan den Text?
Wieso weiß er, dass ich nicht mit den Mädels weg
war?
Wieso antwortet er nicht auf meine Fragen, sondern
weicht mir aus?
Ist es ein Text aus einem Tagebuch, dass ich vielleicht
schreibe?
Haben meine Eltern ihm den Text gegeben?
Und wenn ja, wieso haben sie mir ihn nicht selbst
gegeben?
Musste der Umweg über Stefan sein, weil sie letzt-
endlich zu feige sind?
Wenn das so ist, bin ich ziemlich sauer. Das würde
dann ja bedeuten, dass meine Eltern mein Tagebuch
lesen. Würde mich ehrlich gesagt nicht wundern.
Und Stefan kann mir nicht antworten, weil er nur

der Überbringer ist und keine Ahnung hat, worum es eigentlich geht.

Ich setze die beiden Puzzleteile zusammen: Das Didi's oder D&D's oder wie auch immer ist in Köln, ich kam aber aus Bonn, also kann es doch nicht an einem Tag passiert sein. Dann sind es also zwei Teile, die nicht zusammengehören. Oder doch? Und ich sehe nicht, wie genau es zusammen passt?

Vielleicht fehlt noch ein Teil dazwischen.

Seit wann fahre ich betrunken Auto?

Wieso hat mich niemand davon abgehalten, betrunken Auto zu fahren?

Weil ich alleine dort war?

Und wer soll dieser Typ sein, auf den ich angeblich gewartet habe? Ich habe kein Bild, kein Gesicht dazu. Auch im Traum war da nichts konkretes.

Was genau mache ich in Bonn? Soweit ich mich erinnern kann, kenne ich niemanden, der dort wohnt. Auch keinen Club. Oder sonst was.

Es kommen immer mehr Fragezeichen dazu. Nichts löst sich auf. Alles verschwimmt zu einer grauen Masse. Ich hasse diesen Nebel in meinem Kopf.

Ich trete auf meinen Balkon und atme erstmal tief durch. Die Sonne geht langsam unter. Der Park ist in ein schönes Licht getaucht.

Ich kann nicht aufhören nachzudenken. Und gleichzeitig weiß ich weiß gar nichts und werde so wie es aussieht, auch erstmal nichts weiter erfahren. Leichtes Potenzial durchzudrehen, wenn ich nicht irgendwann endlich mal weiterkomme. Vielleicht bin ich deswegen noch hier. Ich weiß nicht mal genau, welcher Wochentag ist. Ich glaube, inzwischen ist Sonntag. Irgendwie ist es mir egal. Im Moment ist jeder Tag gleich. Und täglich grüßt das Murmeltier.

Ich gehe zurück in mein Zimmer und lege mich aufs Bett. Ich steige aus dem Gedankenkarussell aus und denke über die letzten Tage nach.

Dr. Humpert war nochmal da, hat gefragt, wie es mir geht.

„Alles gut", sagte ich ihm. Monotone Stimme, klang eher weniger überzeugend. Es kamen keine Nachfragen. Anscheinend reicht das hier so. Anscheinend weiß keiner, was man mit mir tun soll. Er wartet. Sie warten. Ich warte. Er, sie, es. Ich will nicht mehr warten. Es kotzt mich an. Ich will nach Hause. Habe ich auch Dr. Humpert gesagt.

„Keine gute Idee, Sophie."

„Ich sehe keinen Sinn darin, hier zu sein."

Dr. Humpert ging nicht darauf ein, verließ stattdessen mein Zimmer. Was sollte das? Wieso sagt er mir nicht konkret, warum ich noch hierbleiben soll. Wieso ist letzten Endes keiner ehrlich zu mir. Ich werde das Gefühl nicht los, dass es etwas gibt, was er mir nicht sagen will oder kann. Etwas diffuses. Ich kann es nicht einordnen. Ich fühle mich einsam. Fehlplatziert.

Ich habe fast jeden Tag auf der Bank an dem kleinen See gesessen. Alleine. Niemand hat sich dorthin verirrt. Ich weiß nicht, ob ich auf Stefan gewartet habe. Irgendwie ja, irgendwie nein. Das Wasser sah etwas trüb aus. War bewegungslos. So wie ich.

Meine Mädels waren nochmal da. Brachten Blumen, ein paar Cupcakes von Madame Myammyam und eine Kanne Kaffee mit. Kleines spontanes Picknick im Bunkerpark. Nette Idee eigentlich. Ich ließ sie in ihrem Dialog, gespickt von zustimmendem Nicken, manchmal Kopf schütteln und ein seltenes „Ach, echt?" meinerseits. Als ihr Dialog beendet war, habe ich sie kurz nach besagtem Abend gefragt. Keiner von beiden sagte etwas. Wieder nur diese vielsagenden Blicke zwischen den beiden. Wieso reden sie nicht mit mir? Langsam überlege ich ernsthaft, ob es sich wirklich um meine Mädels handelt und lediglich eingekaufte Doppelgänger sind, die eine inhaltslose Rolle spielen und mir ein Gefühl der Einsamkeit nehmen sollen.

Offensichtlich kann ich nichts tun, um meine „Heilung" zu beschleunigen. Also warte ich.

Ich warte.

Und warte.

So ist das jetzt.

Auf irgendwas.

Egal was.

Komme was wolle.

Aber es passiert nichts.

Ich versuche zu schlafen so oft es geht. Ich habe die Hoffnung nicht aufgegeben, nochmal von irgendwas zu träumen. Tue ich aber irgendwie nicht.

Aus Langeweile mache ich freiwillig täglich eine zweite Sitzung bei Frau K-K. Was völliger Quatsch ist, weil ich irgendwie ziemlich wortlos bin. Was soll ich auch erzählen? Passiert ja nix. Stattdessen habe ich angefangen, die bunten Kästchen des Teppichs zu zählen. Der rote Kringel ist nämlich weg. Vielleicht hat sie draufgegöbelt. Und jetzt ist er in der Reinigung. Und wieder überlege ich, was es mit dem Teppich auf sich hat. Zauberwürfel für Fortgeschrittene. Huba-Buba in allen Geschmacksrichtungen und jemand ist mit einer Walze drübergerollt. Ein fröhliches Gefängnis. Kirchenfenster. Schoko-Keks auf LSD. Frau K-K langweilt sich auch. Sie malt jetzt permanent irgendwelche Bilder auf ihren Notizblock. Ich beobachte sie dabei. Meistens ist es eine Wiese mit ein paar Blumen, ein Baum, ein Haus, eine Sonne, ein paar Wolken. Sie zieht dann konsequent bis zum Ende der Sitzung alles mehrmals mit ihrem Stift nach. Sieht dann letzten Endes aus wie Krickelkrackel. Kikikake. K-K.

Als die Omi plötzlich strahlend an meinem Fußende steht, weiß ich zumindest jetzt gerade in diesem Moment, dass es wirklich Sonntag ist. Auf die Omi ist Verlass. Ich habe sie gar nicht reinkommen gehört, vermutlich, weil mich meine Gedanken so eingenommen haben. Als sie mich ansieht, fällt ihr entsetzt die Kinnlade runter. Die Zähne fallen gleich hinterher und hüpfen ein paar Mal auf meinem Bett, bevor sie neben meinen Füßen liegen bleiben.

„Waff iff denn loof, Engelffen?" Mitleidsvoll schaut sie mich an.

Schnell reiche ich ihr ihre Zähne, so ein Genuschel

versteht ja kein Mensch. Zack, Zähne sind drin.

„Du schiehsja auswie schieben Taahge Regenwedda."

Oh, an Ohnezähne lag es nicht. Schnell wird mir klar, die Omi hat eindeutig einen kleben. Aber sowas von.

„Hiiihiii. Hicks." Die Omi zieht neckisch die Schultern zu den Ohren und sieht dabei aus wie ein faltiges, junges Mädchen. Was ziemlich niedlich ist.

„Hassu dein Mund verloorn?" Und schwups, verschwindet die Oma kopfüber unter der Bettkante. Ich wundere mich, wie gelenkig eine Omi mit so ein paar Umdrehungen werden kann. Anscheinend „sucht" sie meinen Mund unter meinem Bett.

„Da isser nich. Warte, ichmal dir einneuen." Und schwups, nähert sich die Omi tänzelnd mit einem gezückten Lipgloss bewaffnet meinen Lippen. „Schabb gätz auch einen, weissu? Hat Lulu mir eben mitjebracht. Ssum Kaffee. Statt Kuuchen."

Im Nullkommanichts habe ich in etwa bis zum Haaransatz Lipgloss hängen.

„Hiiihiii. Hicks. Schuldigung. Der letzte Eischkoffie war wohlzuviel."

„Der letzte wer?" frage ich.

„Ahhh, Lippen funkssionieren wieda. Der letzte Eischkoffie."

„Eiskaffee?"

„Nee, der nich, der Ei-ischkoffie. Der mit dem Wixxie! Den hatte Lulu heute im Flachmann. Quasi ein Flachwixxie! Hiiihiii."

Dann plumpst die Omi ungebremst auf mein Bett

und bleibt schnarchend liegen. Klarer Fall von Sekundenschlaf. Soll sie doch ihren Rausch ausschlafen. Stört mich nicht. Ich schließe die Augen ebenfalls und schlafe...natürlich nicht. Irgendwie ist es schön, dass die Omi mit mir im Bett liegt. Auch wenn das etwas komisch klingt. So kann ich mir zumindest einbilden, dass sei meine Omi und fühle mich gleich irgendwie ein bisschen wohler.

„Jetzt ist aber Vorlesezeit", sagt die Omi, als sie etwa eine halbe Stunde später mit weit aufgerissenen Augen und glasklarem Blick hochfährt, was mich wiederum total erschreckt. War ich eingedöst? Erwartungsvoll schaut sie mich an.

Ich weiß nicht warum, aber ich stehe auf, gehe gezielt zur Kommode und hole die Dose hervor. Ich hole den zusammengefalteten Text heraus und beginne zum millionstenmal die Wörter laut vorzulesen. Ich kann es eigentlich auswendig. Daher baumelt der Text irgendwann einfach links an meiner Hand neben dem Bett. Mit dem letzten Wort lasse ich den Text auf den Boden fallen.

„Alle Mann in einen Sack, alle wolln nen Fensterplatz", sagt die Omi anschließend mit fester Stimme.

„Wie meinen sie das?"

„In DER Beziehung sind sie alle gleich." Ich überlege, welchen Film die Omi gerade fährt. Ich habe das komische Gefühl, dass die Omi jetzt einen auf Lebensberater macht und bin überrascht, wie nüchtern die Omi plötzlich ist. Vermutlich bin ich doch weggenickt und zwischenzeitlich hat jemand die Omi gegen Frau K-K ausgetauscht, die sich heimlich ein Omi-Kostüm übergezogen hat! Und letztendlich glaube ich, ich habe definitiv ein Problem, den Menschen hier zu vertrauen.

„In welcher Beziehung?" frage ich.

„Grundsätzlich. Und die Verheirateten kriegt man am schnellsten rum."

I only understand trainstation.

„Weißt du, Häschen, ich war auch mal jung. Und ich sah mal genau so gut aus wie du. Ich hatte keine Probleme, Männer um den Finger zu wickeln. Ich habe das bekommen, was ich wollte. Immer." Neckisch zwinkert sie mir zu.

Noch immer weiß ich nicht, worauf sie hinaus will.

„Und alle haben den Schwanz eingezogen und sind nach Hause, zurück in ihr Häuschen, Mittagessen um eins, Pantoffeln vor dem Sofa. Außer mein Harald, der hat sich scheiden lassen und ist zu mir gekommen. Für immer. Bis dass… Du weißt schon."

So habe ich eine dunkle Ahnung, was die Omi meint. Ist ja nett, dass sie sich Gedanken macht und so. Natürlich weiß sie nicht, dass ich mir NIEMALS jemanden angeln würde, der verheiratet ist. Ich vermute, die Omi ist in Wirklichkeit immer noch gut benebelt und stülpt ihre Geschichte über meine. Und trotz aller Überzeugung habe ich plötzlich ein Stechen im Herzen.

15. Kapitel

Ich versuche die Anzahl der Teile zu zählen. Manche sind groß, andere klein und ein paar so klein, dass sie aussehen wie Sand und sich nicht zählen lassen. Darunter funktioniert noch alles. Ständig drücke ich auf den Knopf an der Seite, um sicher zu sein, dass es noch geht. Immer wieder geht es an, nach ein paar Sekunden wird es wieder schwarz. Ich drücke wieder das kleine Knöpfchen. Ziemlich klein ist der. Und ich frage mich, wie die Tusen das mit den langen, künstlichen Fingernägeln hinkriegen. Vermutlich haben die keins. Auch ich wusste nicht, dass ich eins habe. Das letzte, an das ich mich erinnern kann, ist rot, von Samsung, zum Aufklappen, mit einem kleinen Kätzchen auf dem Display. Ich weiß noch, wie die Mädels mich mal im Suff anrufen wollten (also mit meinem Handy auf meinem Handy) und die Klappe nicht aufbekamen. Oh man. Und jetzt liegt es vor mir. Mein iPhone. Das die Polizei aus dem Fußraum dieses schwarzen Wagens gerettet hat. Mehr als das Display anzumachen, dass dann nach ein paar Sekunden wieder ausgeht, traue ich mich nicht. Ich habe keinen Bock auf blutige Hände. Und: Falls es wirklich an diesem Scheißteil liegen sollte, dass ich jetzt hier bin, will ich es eigentlich gar nicht haben. Ich überlege kurz, ob ich es gegen die Wand pfeffern soll. Irgendein Teil von mir möchte das definitiv.

„Man kann das Display austauschen, dann ist es wieder voll funktionsfähig," sagt Dr. Humpert.

Frau K-K nickt zustimmend. Will ich das? Wollen sie, dass ich es will. Ist es das, dass sie denken, dass ich denke, dass ich das will? Ich schaue mit vielen Fragezeichen im Blick in zwei selbstzufriedene Gesichter. Da sitzen die beiden nun. Auf dem Sofa mir gegenüber. So, wie sie da sitzen, erinnern sie mich ein bisschen an die beiden aus der Muppetshow. Also die Opis. Frau K-K- trägt nämlich heute ein handgehäkeltes, graues Stirnband. Darunter hat sie die Haare so streng zurückgezwirbelt, dass es aus der Aufaugenhöheperspektive so aussieht, als hätte sie einen grauen Haarkranz. Quasi der Bruder von Fleischmützchenhumpert mit ein bisschen Resthaar. Ich trage heute die Perücke. Was für eine Freakshow.

„Wir müssen jetzt über ihre Optionen sprechen, Sophie," sagt Dr. Humpert mit ernster Miene.

„Ist Gehirntransplanation auch eine?" frage ich bissig.

„Wir sind jetzt an einem Punkt angekommen, wo wir andere Dinge mit ihnen ausprobieren sollten." Man ignoriert mich offensichtlich.

„Schwimmen mit Delphinen?" versuche ich es erneut.

„Wir haben im Team einen neuen Genesungsplan für sie erarbeitet." Frau K-K und Fleischmützchen strahlen wie zwei Honigkuchenpferde. Offenbar sind sie sehr überzeugt von ihrem Plan. Und haben entschieden, dass es besser ist, meine Kommentare auszublenden. Ohren auf Durchzug.

„Wir werden sie jetzt nach und nach gezielt mit Dingen aus ihrer Vergangenheit konfrontieren, ohne sie zu überfordern. Denn sie bestimmen dabei die Geschwindigkeit. Wir sind die ganze Zeit an ihrer Seite und sie können sich jederzeit von uns begleiten lassen, wann immer sie das möchten. Sie entscheiden dabei über die Form der Unterstützung. Schließlich sind wir hier bei uns im Haus sowohl in psychologischer Hinsicht als auch in anderweitigen therapeutischen Ansätzen optimal aufgestellt. In erster Linie setzen wir bei Ihnen natürlich den Fokus auf die Gesprächstherapie mit unserer geschätzten Kollegin Frau Krienke-König."

Frau K-K lächelt Dr. Humpert in einer Art und Weise an, die vermuten lässt, dass er und sie nicht nur die Frisur teilen. Scheiß Kopfkino. Mach doch mal jemand dunkel bitte.

„Und was genau haben sie sich da so vorgestellt?"

„Wir fangen beim Naheliegendsten an. Wir lassen ihr Telefon reparieren, so dass sie es wieder uneingeschränkt benutzen können. Treten sie in Kontakt mit Leuten, die ihnen nahe stehen. Sie sollten dringend raus aus der Isolation hier. Sie sind an einem Punkt angelangt, an dem sie psychisch die Konfrontation mit ihrem Leben verkraften. Telefonieren sie, chatten sie, schreiben sie Nachrichten. So steigen sie behutsam in das Leben ein, das sie vor einiger Zeit verlassen haben," sagt Dr. Humpert. Vermutlich kann ich mich sowieso an den Großteil der Personen nicht erinnern. Werde das Schießteil in die Dose zu den anderen Dingen packen, die sich anfühlen, als gehörten sie nicht zu mir. Ich will keine weiteren Fragezeichen mehr, was sollte mir das bringen?

„Wir erhoffen uns dadurch, dass sie sich vereinzelt an Teile aus ihrem Leben erinnern können. Außerdem sollten sie die wesentlichen Orte ihres Lebens besuchen. Arbeit, Wohnung, vielleicht Freunde, Orte, an denen sie oft waren. So werden wir sie, unabhängig von ihrem Erinnerungsstand, nach und nach an ihren Lebensraum gewöhnen und schließlich re-intrigieren können," sagt Frau K-K.

„Was dann in unbestimmter Zeit ihre Zeit hier abschließen wird, da sie sich dann wieder in ihrer alten Umgebung zurechtfinden werden," schließt Dr. Humpert den Vortrag ab.

„Ihrem Ausdruck entnehme ich, dass Sie mit unserem Vorschlag einverstanden sind?" schreit Frau K-K mich plötzlich nahezu an und drückt mich mit ihrer Lautstärke förmlich in den Sessel. Ich überlege, welcher Teil an mir gerade so etwas wie einen Ausdruck hatte. Instinktiv greife ich in mein Kunsthaar und überlege, ob die Perücke vielleicht gerade unbemerkt ein JA geformt hat. Y-M-C-A-mäßig. Schlaff flutschen die Haarsträhnen aus meinen Fingern. Sie waren es also nicht. Vielleicht denkt sie ja, ich höre schlecht, wegen den Haaren über den Ohren. Und schreit deswegen so. Mit hochgezogenen Augenbrauen und der Perücke zu Pipilangstrumpfzöpfen hochgenommen, frage ich laut zurück:

„Was besseres fällt ihnen nicht ein?"

„Sophie, sie müssen nicht schreien, wenn sie ihrem

Unmut Nachdruck verleihen wollen," schreit Frau K-
K zurück.

„Und wieso schreien sie dann? Sind sie auch unmu-
tig?" Wenn mich jemand anschreit, schreie ich automatisch zurück. Scheint ein Reflex zu sein. Frau K-K
zieht sich lärmschutzmäßig ihr Stirnband über die
Ohren. Vermutlich auch ein Reflex. Oder so.

„Ich will damit nur zum Ausdruck bringen, DASS
ES JETZT AN DER ZEIT IST EINZUTRETEN!"
Schnell knote ich mein Pipilangstrumpfzöpfe unter
meinem Kinn zusammen. Als Ohrenschutz. So ein
Geschrei hält ja kein Mensch aus. Dann höre ich, wie
hinter mir geräuschvoll die Tür ins Schloss fällt. Zu
meiner Verwunderung steht da Master Kräuseltim, im
Freizeitlook und ohne Kittel. Den hätte ich doch glatt
beinahe bereits vergessen. Was will der denn jetzt
hier? Ich dachte, er hätte sich offiziell verabschiedet.
Etwas unbeholfen bleibt er neben meinem Sessel
stehen. Seine Arme schlackern ein bisschen neben
seinem Oberkörper hin und her. Er lächelt geradeaus
und tut gerade so, als hätte er mich nicht gesehen.

„Wir dachten, wir fangen gleich heute damit an,"
sagt Dr. Humpert.

„Womit an?" frage ich.

„Mit der Sightseeing-Tour durch dein Leben," sagt
Tim.

„Und was genau hast du damit zu tun?" frage ich
Tim.

„Sagen wir mal, ich bin dein Chauffeur," sagt er.
Selbst aus dem komischen Winkel von schräg unten

nehme ich sein verschmitztes Lachen wahr.

Ha, denke ich, ich wusste es. Ich bin also doch berühmt.

Tim hält mir seinen Arm hin.

„Milady."

Irritiert schaue ich zu Frau K-K und Fleischmützchen.

„Na gehen sie schon."

Frau K-K macht beidhändig eine rauskehrende Handbewegung. Und Fleischmützchen's rechte Hand ist irgendwie ungelenk hinter Frau K-K's Rücken verschwunden. Ich will's gar nicht wissen. Auch nicht, warum der Teppich verschwunden ist. Wenn morgen braune Streifen oder anderweitige Verfärbungen auf den bunten Kästchen sind, weiß ich definitiv, was hier los ist. Entschlossen stehe ich auf und verlasse bei Tim unterhakt das Zimmer. Wieso auch nicht?

Eine halbe Stunde später schaue ich etwas enttäuscht auf den grauen Kleinwagen. Ich hatte fest damit gerechnet, dass da vor dem Eingang des Elisabeth-Hauses eine schwarze Stretchlimo auf mich wartet. Ich bleibe hinter der Schiebetür stehen. Vielleicht fährt dieses kleine Auto ja gleich weg. Und dann kommt die Limo. Und der Chauffeur mit dem schwarzen Anzug und der schwarzen Mütze, Kappe, Hut, oder so. Der mir die Tür öffnet. Tim bleibt schweigend neben mir stehen. Demonstrativ lasse ich meine Handtasche in der Armbeuge baumeln.

Ziehe eine Haarsträhne durch die Finger. Schiebe die schwarze, große Sonnenbrille etwas höher. Flöte ein bisschen. Bewege meinen linken Fuß ein wenig in den schwarzen Pumps, die ich mir noch schnell von Marita geliehen habe. Leider eine Nummer zu klein und meine Fußrücken quellen etwas elefantös über die Schuhkanten. Hoffentlich guckt mir keiner auf die Füße.

„Hast du es dir anders überlegt?" fragt Tim vorsichtig.

„Was meinst du?"

„Ist es zuviel?" Tim's Stimme klingt irgendwie traurig.

„Du meinst mein Outfit?"

„Ich meine das hier," Tim zeigt auf das Auto.

Scheiße. Eher das Gegenteil.

„Wir fahren doch nicht etwa mit DER Pissflitsche?"

„Das ist ein Mini, Sophie. Also meiner."

Doppel-Scheiße. Tim fährt ein Mädchenauto. Wie schwul ist das denn bitte. Ich bin etwas irritiert, als das Fenster wie von Geisterhand ein Stück runterfährt und ich ein Kichern höre. Dann wedelt ein Flachmann durch den Fensterschlitz.

„Lulu?"

Tim nickt.

„Als seelische Unterstützung für mich?" frage ich.

„Nicht wirklich. Lulu kennt ein paar Leute, dort, wo wir hin fahren. Sie hat kein Auto. Und ist quasi immer hier. Deswegen nehme ich sie manchmal mit. Außerdem brauche ich dich eher als körperliche Unterstützung."

„Für?"

„Lulu."

„Weil?"

„Ich keine Ahnung habe, ob Lulu da jemals wieder rauskommt. Die ist da hinten ganz schön eingequetscht. Normalerweise sitzt sie vorne."

„Ich kann doch hinten sitzen."

„Lass mal, Lulu hat ausdrücklich gesagt, du sollst heute vorne sitzen."

„Aha. Wo fahren wir denn hin?"

„Nach Lindenthal."

„Zu meinen Eltern? Zu mir nach Hause?"

„Warte ab, vielleicht erinnerst du dich, wenn wir da sind."

„Und wenn ich da gar nicht hin möchte."

„Dann fahren wir wieder. Ok?"

„Ok!"

Entschlossen und mit etwas trampeligen Schritten marschiere ich zum Mini. Die hinteren Scheiben sind abgedunkelt, so dass ich Lulu erst sehe, als ich die Beifahrertür öffne und auf die Rückbank schaue.

„Liebschen, isch würd dich joh jähn ens bütze, ävver dann möhts de zu mir rötsche."

Etwas irritiert versuche ich Lulu's Kopf zu entdecken. Ehrlich gesagt, weiß ich nicht, wo oben und unten ist, ich sehe nur schwarz, da sie anscheinend ziemlich dunkel gekleidet ist. Als der der silberne Flachmann aufblitzt, weiß ich zumindest, wo Lulu's Kopf ist. Also vermute ich zumindest.

„Prostata!" kichert Lulu. Jetzt weiß ich, was Tim meint. Lulu sitzt quer und irgendwie hochkant auf der Rückbank. Das sieht aus, als würde es weh tun. Ihr scheint es zumindest nichts auszumachen. Das ist böse gemeint, aber sie hat ja quasi Rundumairbags. Ich werfe Lulu ein Handküsschen zu und lasse mich in den schwarzen Ledersitz plumpsen. Na denn mal los.

Eine gute halbe Stunde später stehen wir vor einer weißen, großzügigen Doppelhaushälfte gegenüber von einem Park. Mein Elternhaus. Beziehungsweise auch mein jetziges, weil ich wohne ja unten und meine Eltern inzwischen im Obergeschoss.
„Wir sind da."
Ach...
„Was soll das?"
„Möchtest Du rein?"
„Das weiß ich nicht, so lange ich nicht weiß, was ich hier soll!"
„Reingehen!"
„O.k., alles klar, verstehe. Du möchtest mir also nicht vorher sagen, warum ich in meine Wohnung spazieren soll?"
„Hör auf zu fragen, Sophie. Geh einfach rein."
Tim hält mir einen Schlüsselbund vor's Gesicht.
„Es ist der mit dem roten Ring."
„Und du?"
„Ich bin erstmal hier beschäftigt." Zwinkender Blick nach hinten. „Wenn du mich brauchst, weißt du, wo

du mich findest. Ansonsten komme ich gleich nach."

Ich mache ein paar Atemübungen.

„Also gut."

Als ich vor der schweren Haustür stehe, lasse ich die einzelnen Schlüssel durch meine Finger gleiten. Ich vermute, dass dort eine Überraschung auf mich wartet. Möglicherweise erwartet mich eine Überraschungsparty. Vielleicht habe ich ja heute Geburtstag. Aber dann würde doch vielleicht wenigstens ein bisschen Deko an der Tür hängen. Und da hängt nur ein Schild mit „Meier". Und ein Löwenkopf aus Messing zum Anklopfen. Wer zum Teufel hat dieses hässliche Teil da angebohrt und was soll dieser stupide Name. Ist meine Wohnung inzwischen untervermietet? Ich ahne böses und weiß inzwischen nicht mehr, was mich erwartet, wenn ich die Tür öffne. Ich hoffe natürlich, Charlotte und Annika anzutreffen. Und meine Eltern auch. Aber wer zum Teufel wohnt hier? Meier.... Meier... ich habe dicke Eier. Ich erinnere mich an niemanden, der Meier heißt. Oh Wunder. Ich habe auf einmal große Lust herauszufinden, was hier abgeht. Schnell hänge ich also die Perücke auf einen der beiden Buchsbäume, die rechts und links neben der Eingangstür stehen. Sonst erkennt mich vielleicht niemand, im Falle der Überraschungsparty. Oder schlimmer noch, man hält mich für die polnische Putzfrau und ich vermassele die Überraschung. Kurz noch einmal Fingerkamm durch die inzwischen streichholzlangen Haare. Das muss reichen. Lautlos drehe ich den Schlüssel im Schloss um und trete ein.

Großformatige, bis aufs äußerste polierte schneeweiße Fliesen strahlen mir entgegen. Die sind offensichtlich neu. Sicherheitshalber lasse ich die Pumps auch draußen, so kann ich besser schleichen. Die Frage ist natürlich, wo das Sofa ist, hinter dem sich alle verstecken. Vermutlich auch umgestellt. Links ist schon mal die Küche, da wo sie immer war. Die Tür steht offen. Auf der Arbeitsfläche steht ein nagelneuer Thermomix. Geradeaus die Flügeltür. Auf schwitzigen Samtpfoten glitsche ich nahezu lautlos durch meinen opulenten Flur. Aus allen Ecken blicken mich irgendwelche Augenpaare von den Wänden an. Anscheinend eine Ahnengalerie. Ich ignoriere das erstmal. Im Zeitlupentempo drücke ich die Klinke der Flügeltür runter, um dann blitzschnell die Tür zu öffnen.

„Tadaaaa." rufe ich und reiße die Arme nach oben. Fulminanter und souveräner Auftritt. Es kracht kurz. Dann knallt mir die Tür gegen die Stirn. Autsch! Wie peinlich. Anscheinend hat irgendetwas den Schwung der Tür unterbrochen. Egal. Erneut schubse ich die Tür an und sehe....niemanden. Lediglich irgendein Scheißding an einem Stock, dass auf dem Boden liegt und anscheinend die Tür gebremst hat. Als ich mich bücke erkenne ich, dass es kein Staubwedel der polnischen Putzfrau ist, sondern eine Ente mit einem Stock im Arsch. Pfui. Wer baut denn sowas. Ich vermute natürlich direkt, dass hier inzwischen ein schwules Pärchen wohnt. Würde ja passen. Wir sind schließlich in Köln. Etwas enttäuscht watschel ich zu dem unbekannten Sofa. Die Hoffnung stirbt zuletzt. Überflüssigerweise blicke ich dahinter. Keiner da. Ich lasse mich auf die fallen und reiße den Bezug nach oben. Unter dem Sofa herrscht Tohuwabohu. Also gibt es anscheinend wirklich eine polnische Putzfrau. Die eindeutig nach der betriebswirtschaftlichen Formel 20/80 arbeitet. Mit 20% Einsatz 80% des Ergebnisses erreichen. Gelernt ist gelernt. Oder unter Zeitdruck einfach schnell alles unters Sofa gefegt, weil sie den Rest der Zeit vom Festnetz nach Polen angerufen hat. E.T. nach Hause telefonieren, auf Kosten des Arbeitgebers. Unglaublich.

Ich lasse mich erstmal aufs Sofa fallen. Was jetzt?

Durch das bodentiefe Fenster links neben mir blicke ich auf den Mini und auf Lulu's Hinterteil. Der Mond geht auf. Offensichtlich versucht sie gerade, rückwärts aus dem Mini auszusteigen. Tim versucht, den Vordersitz noch etwas mehr nach vorne zu schieben. Es sieht nicht aus, als würde das gehen, was mir noch ein bisschen mehr Zeit alleine in der Wohnung, die offensichtlich nicht mehr meine ist, verschafft. Wer schaut sich schließlich nicht gerne an, wie fremde Leute so wohnen. Auf den ersten Blick alles sehr geschmackvoll eingerichtet, auch ich könnte mich hier wohlfühlen. Auf dem Weg in den Flur bleibe ich plötzlich stehen. Mit einem Mal schlägt mir das Herz bis zum Hals. Ich fange aus dem Nichts an zu schwitzen. Ich kann mich nicht bewegen. Was ist das denn bitte? Ich beginne zu atmen, aus Sorge, im nächsten Moment von einer diffusen Panik übermannt zu werden. Ich fühle mich gefangen. In diesem Haus? In mir? Was ist das? Ich kann doch jederzeit raus. Tür auf. Sophie raus. Schuhe an. Perücke auf den Kopf. Und dann Tim sagen, ich möchte bitte weg hier. Mein Kopf pocht. Wer oder was klopft da? Eine Erinnerung? Ein Bild? Ein Gefühl? Einatmen, ausatmen. Und noch während ich in dieser Schockstarre verharre, es zulasse und warte, schiebt sich ein Augenpaar von links in mein Sichtfeld. Scheiße, man, ich bin nicht Harry Potter oder sonst jemand von Hogwarts. Da bewegen sich keine Augenpaare. Sophie, jetzt bleib auf dem Teppich, ermahne ich mich. In Zeitlupentempo drehe ich mechanisch meinen Kopf nach links. Verschwommen nehme ich die Bildergalerie war. Mein Blick bleibt letztendlich auf einem Augenpaar hängen, dass sich nicht bewegt, sondern mich unbewegt anstarrt. Ich nehme das Gesicht wahr. Die braunen Haare. Die schlanke Figur. Die High Heels. Die mit ihrem Absatz in der Wiese versinken. Spaten in der linken Hand. Baum-Baby in der rechten Hand.

„Hallo, Sophie, was machst du denn noch hier?" sage ich zu dem Foto bzw. zu mir selbst, also auf dem Foto. Mein Mund ist ganz trocken, so dass die Worte etwas verklebt rauskommen. Alles klar, ich rede mit einem Foto von mir. Wieso hängt das hier? Kenne ich die Bewohner? Meine Augen fliegen im Zeitraffertempo über die anderen Fotos und saugen alles auf. Da sind Annika, Charlotte und ich beim Abiball. Meine Eltern bei der silbernen Hochzeit. Meine Oma. Meine

Großeltern. Meine Urgroßeltern. Viele Kinderbilder von mir. Babyfotos. Erster Schultag. Und am Ende bleibe ich ganz rechts außen an einem Bild hängen, was mein Herz nahezu auseinanderreißt. Da bin ich, neben mir Tim und ein blondgelocktes Mädchen und ein kleiner Junge mit Schnuller. Meine Beine geben nach und mein Kopf knallt mit voller Wucht auf die Hochglanzfließen. Es wird Nacht!

16. Kapitel

Bläulich schimmernde Neonröhre. Ich weiß es, ohne meine Augen zu öffnen. Meine Augenlider leuchten von innen rot. Ich lasse die Augen geschlossen. Mein Körper fühlt sich unentspannt an. Etwas vibriert unter meiner Haut, wie als wäre ich unter Strom. Wer weiß, was das Personal sich noch für mich hat einfallen lassen. Stromstöße vielleicht. Wie man das früher mit Irren gemacht hat. So fühlt es sich an. Ich will mich gar nicht bewegen. Will nicht spüren, dass ich schon wieder gefesselt bin, ich weiß es eh. Irgendetwas kaltes feuchtes hält unter der Decke meinen linken Fuß fest. Oder es ist ein kalter Waschlappen? Vielleicht hatte ich ja Fieber. Als sich der Waschlappen bewegt, linse ich vorsichtig durchs linke Augenlid. Und gucke auf die Kräuselmatte.

„Pfoten weg!" schreie ich.

Tim schreckt hoch. Hat er geschlafen? Wie lange ist er schon hier? Wieso ist er überhaupt wieder hier? Seine Augen sind total rot. Hat die Pissflitsche etwa geheult?

„Sophie, ich…"

„Ich will's nicht wissen, verpiss dich einfach."

„Ich dachte…"

„Ja, du hast gedacht, ist ja super! Und ich denke, Du solltest jetzt gehen."

„Aber du weißt schon noch, wer ich bin, oder?" Ein Lächeln huscht über Tim's Gesicht.

„Ja, weiß ich, ein Arschloch!"

Lächeln weg. „Sophie, ich…"

„Wessen beschissene Idee war es, mich in unser Haus zu fahren?" Ich weiß es noch. Ich habe es nicht vergessen. Das Murmeltier grüßt nicht mehr.

Lächeln wieder da. „Du erinnerst dich an uns?"

„Nein, du Idiot, nur an gestern. War das deine Strategie? Du fährst mir ohne mich vorher zu fragen, ob das für mich o.k. ist, in unser Haus, weil du der Meinung bist, dass das meiner Erinnerung auf die Sprünge hilft, ja?"

Stummes, zögerliches Nicken.

„Dann sag ich Dir jetzt was: Du bist ein Scheiß-Therapeut. Du hast anscheinend keine Ahnung, was für deine Patienten gut ist und was nicht?"

„Sophie, ich…"

„Halt die Fresse. Ich werde dafür sorgen, dass du aus dieser Scheiß-Anstalt entlassen wirst. Hast du dir deinen Abschluss am Kaugummi-Automat gezogen oder was?"

„Ich bin kein Therapeut, Sophie."

Mir fällt die Kinnlade runter. Ich rülpse unhörbar eine Lavabröckchen-Wolke.

Schweigen.

„Darf ich jetzt mal was sagen?" Zierliches Männerstimmchen.

Ich bin wütend. Ich verstehe nichts mehr. Ich nicke.

„Also gut… niemand wusste, wie lange dein Heilungsprozess dauert. Und welche… nennen wir es Phasen… du da noch durchmachst… deine Eltern waren überfordert, deswegen haben wir uns gemeinsam für das Elisabeth-Haus entschieden. Man hört ja so viel Negatives in der Presse, über solche… Einrichtungen. Deswegen waren wir der Meinung, dass es für dich besser wäre, wenn ich hier auch einziehe."

Ich bin tief beeindruckt, wie da offensichtlich alle einer Meinung sind. Echt toll! Wow! Ich bin zum ersten Mal froh, gefesselt zu sein. Andernfalls hätte ich wahrscheinlich zwischenzeitlich Kräuselhaare zwischen den Zähnen. Ein sehr kleiner Teil von mir weiß, dass es eigentlich alle gut mit mir meinen, der andere, große Teil, vermutlich die neue Sophie, die temporäre, oder was immer dieses in mir steckende Monster auch sein mag, denkt definitiv darüber nach, welche Foltermethoden mit dem vorhandenen Equipment wohl möglich sind. Scheiß brutale Bilder sind das. Ich erschrecke mich über mich selbst. Echt jetzt.

„Zwei Fragen habe ich da: Erstens, wo sind die Kinder?"

„Deine Eltern passen auf sie auch. Zumindest in dieser Woche. Danach zieht die Zugehfrau wieder ein. Die hatte Urlaub und war bei Ihrer Familie auf den Philippinen."

Eine Zugehfrau? In welchem Jahrhundert leben wir denn?

„Zu wem geht die Frau denn?" frage ich spitz.

„Die NANNY, oder wie auch immer du sie nennen willst, wohnt bei uns. In der Einliegerwohnung. Im Souterrain. Haben wir extra umbauen lassen. Du wolltest etwas Gutes tun. Zumindest im Kleinen, hast du gesagt. Außerdem kannst du deinen Job in der Agentur nur in Vollzeit machen."

Aha, ich bin wohl ein „Gutmensch". Stellt sich eher Frage, ob ich primär einem armen philippinischen Mädchen etwas gute tun wollte, oder nur mir. Bin ich jemand, der die Erziehung seiner Kinder jemand anderem überlässt und das ganze als soziales Projekt tarnt?

„Und zweitens: Wenn du weder Arzt, noch Therapeut noch sonst was bist und du anscheinend lediglich da bist, um die ganze Zeit hier mehr oder weniger auf mich aufzupassen, schläfst du dann nachts nicht, weil du dann von hier aus arbeitest?" Bei einem Online-Sex-Portal wollte ich noch dranhängen, schlucke es aber runter.

„Also… ehrlich gesagt… nein."

„Sondern?"

„Ich… habe…meinen Job gekündigt. So war es das Beste für dich und die Kanzlei. Das war die einzige Möglichkeit, auf unbestimmte Zeit immer bei dir sein zu können. In guten wie in schlechten Zeiten, du weißt schon." Samtiges Grinsen.

Wäre ich ein regulär romantisches Mädchen, würde ich wahrscheinlich gerade vor Liebe dahin schmel-zen. Er ist hier, freiwillig, hat einen wesentlichen Teil seines Lebens aufgegeben, um bei mir zu sein. Weil er mich liebt. Vermutlich steht unten in der Einfahrt sein Pferd, sorgsam angeleint. Ein bisschen Heu. Ein paar saftige Möhrchen. Schwert und Prinzenkostüm hat er daneben abgelegt. Leider bin ich gerade ein ziemlich aggressives hirnloses Etwas, das unpassenderweise immer wütender wird. Mein sogenannter Mann hat also quasi seinen vermutlich gut bezahlten Job an den Nagel gehängt, um bei mir Händchen zu halten, in einer Phase, wo das quasi völlig schwachsinnig ist, da es mir und ihm und überhaupt nichts bringt. Außer vielleicht, dass er sich besser fühlt. Aus seiner Sicht tut er vermutlich gerade alles, was er tun kann. Aus meiner Sicht ist er ein egoistisches Arschloch. Ohne Eier in der Hose. Der sich von mir willkürlich anbrüllen lässt. Ohne sich zu wehren. Der sich offensichtlich gerade mit von meinen Eltern „durchfüttern" lässt. Kann natürlich auch sein, dass wir im Lotto gewonnen haben...

Was für eine schlappschwänzige Tunte habe ich da geheiratet? Kann unmöglich sein, dass ich mir diesen eierlosen Atze-Schröder selbst ausgesucht habe. Zumindest nicht aus Liebe, die ich weder fühle noch mich an irgendwelche romantischen Gefühle diesem Menschen gegenüber erinnern kann. Vielleicht ist es eine Zweckehe. Aus irgendwelchen familiär-wirtschaftlichen Gründen. Wurde ich als Jungfrau verkauft. Für eine Horde Kamele?

Gott sei Dank gelingt es mir, mich innerlich zu sammeln. Ich schlucke die Lavabröckchen runter und schaffe es, beherrscht zu reden. Also einigermaßen zumindest, durch zusammengebissene Zähne.

„Nochmal für mich zum Mitschreiben: Herr Humpert, Frau K-K und du seid also wirklich der Meinung, dass das der richtige Weg für mich ist, ja?" Vulkanbröckchen steigt auf.

„Was genau meinst du?"

„Herr Humpert hat gesagt, dass du mich nach und nach mit meinem Leben bekannt machen sollst, richtig?"

Tim nickt.

„Und der erste Ort, wo ihr mich hinschickt, wo du mich hinfährst, ist unser zu Hause, in dem quasi mein ganzes Leben mehr oder weniger in Bildern an der Wand hängt."

Tim nickt wieder.

„Und ihr denkt, dass es gut ist, jemandem, dem im Kopf ein paar Jahre fehlen, unvorbereitet vor ein Bild mit dem Ehemann und den beiden Kindern zu stellen, ja?" Zweites Bröckchen überholt erstes Bröckchen.

„Naja..." Ich kann dieses Drucksen nicht mehr ertragen. „Eigentlich war das meine persönliche Entscheidung. Ich dachte...du fehlst den Kindern so... ich dachte, so erinnerst du dich vielleicht schneller!"

„Überlass das Denken doch mal den Leuten, die Ahnung haben, du egoistisches Arschloch. Ich sag dir jetzt mal was: Weißt du...(habe ich Schaum vor dem Mund?)...kannst du dir annähernd vorstellen, wie es sich anfühlt, wenn du deine eigenen Kinder siehst und du sie nicht mehr erkennst?"

Tim blickt zu Boden.

„Es reißt dir das Herz raus, Tim. Mit voller Wucht. Wenn dir plötzlich klar wird, dass du deine Kinder quasi gerade im Stich lässt. Dass sie vermutlich jeden Tag fragen, wann ihre Mama wiederkommt. Das sie traurig sind. Dass sie nicht verstehen, was da gerade passiert. Dass sie sich schlimmstenfalls selber die Schuld daran geben, dass ich weg bin. Dass du, was immer auch passiert sein mag, anscheinend selbst verantwortlich dafür bist, dass es so ist wie es ist, weil du irgendeine unüberlegte Scheiß gebaut hast. Wenn du, obwohl du dich anstrengst es zu verändern, nicht weißt, wie lange dein Zustand anhalten wird. Und ob er sich jemals wieder ändern wird. Und wenn du für den Mann, den du im Idealfall aus Liebe geheiratet hast, der dir jetzt, in diesem Moment gegenüber sitzt, der dir helfen will, nur noch grenzenlose Wut fühlst. Und du letztenendes nur willst, dass er endlich verschwindet."

Ich koche. Und gleichzeitig wird mir bewusst, was ich Tim da gerade um die Ohren gehauen habe.

Schweigen.

Tim's Stuhl quietscht über den Boden, dann verlässt er wortlos das Zimmer. Tränen schießen mir schlagartig aus den Augen, als mir klar wird, dass mein Mann mich vor einigen Wochen verloren hat. Und nach dem, was ich gerade nicht zurückgehalten habe, ich vermutlich nun ihn.

Mitten in der Nacht werde ich wach. Mein Kopfkissen ist nass. War die Omi hier und hat es zahnlos vollgesabbert? Habe ich im Schlaf geschwitzt? Oder geweint? Ich stehe auf und gehe zu der Kommode.

Knipse die kleine Stehlampe an. Im obersten Schubfach liegt es. Immer noch eingepackt. Mehr oder weniger. Vorsichtig schiebe ich das eingerissene Papier beiseite. Ein Mädchen. Und ein Junge. Ein Pärchen, wie schön eigentlich. Ich weiß nicht mal mehr, wie sie heißen. Das Mädchen hat eindeutig Tim's Haare, nur in blond und sieht ihm auch sonst ziemlich ähnlich. Der Junge hat gerade Haare, mittelblonder Pottschnitt. So sah ich auch mal aus, als meine Oma mir den Pony schneiden wollte, weil sie der Meinung war, ich kann nicht mehr richtig sehen. Ein Topf hat sie nicht benutzt. Stattdessen Tesafilm. Über den Augenbrauen auf den Pony geklebt, dann darunter abgeschnitten. Ich weiß nicht mehr, ob's gerade war. Vermutlich nicht. Zumindest konnte ich wieder sehen. Die beiden halten sich an den Händen. Lässt vermuten, dass sie sich gut verstehen. Hoffentlich. Sie strahlen um die Wette. Der Junge hat vorne eine Zahnlücke. Gartentörchen-Optik. Sie sehen glücklich aus. Gerne würde ich wissen, wann und wo das Bild gemacht wurde. Natürlich fällt es mir nicht ein. Ich stelle das Bild auf die Kommode, dorthin, wo vorher das Bild stand, dass mich anscheinend durchdrehen ließ. Ich drehe mein Kopfkissen um. Und weine die andere Seite auch noch voll, bevor ich völlig ermattet einschlafe.

„Schön, dass sie sich entschieden haben, hier zu sein." Frau K-K lächelt mich ehrlich an. Ich glaube, ich habe sie noch nie lächeln sehen. Sonst hätte ich sie doch schon früher bemerkt, diese immens große Zahnlücke, vorne, zwischen den oberen Schneidezähnen. Der Bleistift, den ich zwischen den Fingern hin und her drehe, würde da bestimmt zwischen passen. Ihre Haare stecken heute in einem Beanie.

Ich verziehe keine Miene.

„Ich bin informiert, dass Herr Stürmer, also Herr Meier, also… ihr Mann, unsere Einrichtung bis auf weiteres verlassen hat."

Ich nicke. War ja klar. Jeder weiß Bescheid. Was soll's.

„Möchten sie darüber reden? Sind sie deshalb heute zu mir gekommen?"

Ich zucke mit den Schultern.

„Sind sie traurig darüber?"

Wieder zucke ich die Schultern. Ehrlich gesagt fühle ich mich ausgelaugt, leer, erschöpft, wie ein Ganzkörperholraum. Vielleicht ist es mir auch egal. Ich weiß es nicht.

„Sie haben das Bild von ihren Kindern auf ihrer Kommode stehen…"

Scheiße, woher weiß sie das jetzt? Ist mein Zimmer videoüberwacht? Oder gibt es heimliche Beobachter hinter dem Spiegel? Hab ich überhaupt einen?

„Das ist gut. Können sie sich an Max und Mia erinnern?"

Max und Mia also. Gott sei Dank ist Mia kein Junge, hieße sie sonst Moritz? Ich schüttele den Kopf.

„Möchten sie das andere Bild vielleicht dazustellen?"

Fragend ziehe ich die Augenbrauen kraus.

„Sie wissen schon. Dass, das sie gegen die Wand geschmissen haben und dann..." Sie streichelt ihre Wange. Reflexartig berühre ich meine. Die Krusten der Verletzungen sind weg. Ich fühle nur eine kleine Unebenheit, dort, wo das geritzte Kreuz war. Es ist fast ganz verheilt.

„Ich denke, es wäre gut, wenn sie sich das Bild in meinem Beisein noch einmal anschauen. Vielleicht können wir gemeinsam rausfinden, was sie so aufgeregt hat."

Ich überlege kurz, dann nicke ich. Eher aus Neugier. Ich habe keine Angst davor, es zu sehen. Ich bin froh, dass Frau K-K da ist. Mir kann nichts passieren.

Vorsichtig, als würde sie ein rohes Ei in der Hand haben, nähert sich Frau K-K mit dem Bild. Ich starre auf ihre Zahnlücke, aus irgendeinem Grund lächelt sie. Vielleicht betrachtet sie diesen Schritt gerade als Fortschritt. Strahlend, wie eine Hostie, reicht sie mir den Bilderrahmen. Offensichtlich hat man den Rahmen gewechselt, sonst wäre wohl kein mehr Glas vor dem Bild, oder nur noch Bruchstücke.

Es ist ein Gruppenfoto. Ich bin drauf, links außen. Ansonsten noch ungefähr 15 andere Personen, die ich nicht kenne. Alle kneifen die Augen zusammen. Anscheinend gucken sie in die Sonne. Im Hintergrund erkenne ich nichts, könnte Wasser, Himmel oder falsch belichtet sein. Die Truppe steht auf einem braunen, feinkörnigen Boden. Ist es eine Klippe? Die Menschen auf dem Bild lachen, inklusive mir. Sieht alles sehr entspannt aus. Die Gruppe scheint sich zu kennen. Mit der rechten Hand streiche ich mir meine nußbraunen, langen Haare aus dem Gesicht. Sturm-frisur, ganz schön windig offenbar. Kein Lipgloss, das sehe ich auch.

Frau K-K räuspert sich.

„Und?"

Ich ziehe die Schultern hoch.

„Wissen sie, wo das war und wer die Leute sind?"

Ich schüttele den Kopf.

„Soll ich…?"

Ich nicke.

„Sommer 2014. Irland. Ein Betriebsausflug anlässlich des 20-jährigen Bestehens der Werbeagentur, in der sie arbeiten."

O.k., alles klar, nettes Bild.

„Erinnerung daran?"

Ich schüttele den Kopf.

„Wollen sie es mitnehmen?"

Ich nicke.

„Na dann…"

Frau K-K zieht sich den Beanie tief in die Stirn, steht auf und lässt mich alleine auf dem zurückgekehrten Schneckenhausteppich zurück. Vermutlich sitze ich noch zwei Stunden da und starre auf das Bild. Studiere jedes Gesicht. Warte. Gucke wieder. Es sind und blieben Fremde. Meine Haare gefallen mir. So möchte ich wieder sein. Das Bild stelle ich später, als ich wieder in meinem Zimmer bin, neben das Kinder-Foto auf meine Kommode.

17. Kapitel

Ich liege im Bett und kann nicht einschlafen. Etwas, das sich nicht gut anfühlt, macht sich in mir breit. Es macht mich fertig. Es ist nicht nur, dass ich meine Vergangenheit nicht kenne. So komisch das klingt, aber so langsam bekommt es eine skurrile Normalität. Ich kann es nicht ändern, das ist so, ich komme damit klar. Es ist wie es ist. Ich glaube einfach fest daran, dass mein Zustand sich ändern, verbessern wird.

Das, was mir die Luft zum Atmen nimmt ist: Ich selber kenne mich auch nicht. Wer ist die Person, die ihren Mann wie den letzten Idioten behandelt? Wer ist die Person, die Kinder und eine Nanny hat, um voll arbeiten gehen zu können? Wer ist die Person, die über ihre längsten und besten Freundinnen derart ablästert? Wer ist die Person, die Menschen, die ihr Nahe steht, derart Scheiße behandelt? Was gibt ihr das recht dazu? Es ist unfair. Alle versuchen, mir zu helfen, für mich da zu sein, nichts falsch zu machen. Und dennoch gerate ich so leicht aus der Fassung, werde aggressiv, provoziere, bin ungerecht. Gemein. Wieso trete ich verbal alle in die Eier? Laufe ich nicht Gefahr, dass ich am Ende alleine dastehe? Will ich das sogar? Und wenn ich das nicht will, was will ich dann? Bleibe ich weiter eine Marionette der anderen, die meinen, das sie wüssten, was mir guttut, oder fange ich an, es selbst in die Hand zu nehmen, selber für mich zu entscheiden, was mir gut tut. Ist es vielleicht das, was ich brauche? Und kann ich das? Bin ich dem gewachsen?

Und was ist dann mit den Kindern? Du fehlst ihnen, hatte Tim mir gesagt. Das schmerzt. Und doch weiß ich, dass selbst, wenn ich zurückgehen würde, in mein altes Leben, der jetzige Zustand für die Kinder nicht gut wäre. Sie verstehen doch nicht, was mit mir los ist. Mache ich dann nicht mehr kaputt, als wenn ich ihnen weiterhin fern bleibe?

Als ich die Nachttischlampe anknipse und ein paar Blätter aus dem Notizbuch reiße, bin ich mir sicher, dass das, was ich jetzt tue, für alle das beste ist. Ich schreibe ein paar kurze, ehrliche Briefe an meine Eltern, an Annica und Charlotte, an die Kinder und letztendlich auch an Tim. Ich weiß nicht, ob sie mich verstehen, ich verstehe es ja eigentlich irgendwie selber nicht. Aber ich spüre, dass der Weg, den ich jetzt einschlage, der einzig richtige ist.

An dieser Stelle meines Lebens muss ich alleine sein, frei. Ich verabschiede auf unbestimmte Zeit von etwas altem in der Hoffnung, es wieder zu finden. Und um mich zu finden. Um herauszufinden, wer ich bin und was geschehen ist. Ich spüre, da ist etwas größeres, tieferes als ich das zum jetzigen Zeitpunkt erahnen kann. Ich will nicht mehr das Gefühl haben, dass andere alles wissen und nicht ehrlich zu mir sind. Ich will sie nicht einem schlechten Gewissen aussetzen, weil sie nicht wissen, wie sie mit mir umgehen sollen. Ich mache niemandem einen Vorwurf. Jeder ist so gut, wie er kann. Aber ich kann nicht mehr in dieser Abhängigkeit zu anderen sein, im Moment. Ich brauche ein bisschen Leere, in der Hoffnung, dass diese Leere sich mit der Zeit wieder füllt und am Ende alles gut wird. Am Ende wird alles gut.... da ist es wieder, dieses Zitat.

18. Kapitel

Zwei Tage später werde ich wachgeklopft. Eine junger, adlerartig aussehender Betreuer hält mir schüchtern den weißen Umschlag hin. Geierartig reiße ich ihm den Umschlag aus seinen Händen und knalle ihm die Tür vorm Schnabel zu. Ich habe es plötzlich sehr eilig. Als ich dann auf meinem Bett sitze, schaffen meine Hände nicht, den Umschlag zu öffnen. Plötzlich habe ich ein bisschen Angst.

Seit einigen Tagen bin ich irgendwie im Off. Ich bin ausschließlich im Jetzt. Plus die ganzen letzten Tage, an die ich mich erinnern kann. Ich vergesse nichts mehr. Das Murmeltier hält Winterschlaf.

Ich hingegen habe Schnupfen. Knallgrüne Rotze. Stundenlang habe ich mich auf dem kleinen Glitzersee treiben lassen, bis mir eiskalt war. Offensichtlich zieht mich Wasser an. Ich dachte, wenn ich dem nachgebe, mich treiben lasse, in eben diesem Element, dann passiert was mit mir. Im Inneren. Gehirnwäsche vielleicht. Oder Neustart. Oder Warten auf Erinnerungen, auf Bilder, auf irgendwas. Stattdessen grüner, festsitzender Schleim. Mehr nicht.

14 blaue Bilder im Malatelier gemalt. Immer und immer wieder den Prozess des Malens wiederholt. Ein bisschen wie in Trance. Ein paar mit dem grünen Punkt in der Mitte versehen. Sieht aus, als hätte ich genießt. Ohne Hand vorhalten. (Also doch der Mömmes.) Anschließend die Mitmalenden in einer Reihe aufgestellt, jeder eins von den Bildern in die

Hände. Dann entlanggelaufen, jurymäßig, vorwärts, rückwärts, gebückt, gehockt, gestreckt, doppelter Rittberger. Nichts. Die „Nummern-Girls" und „-Boys" in andere Formationen angeordnet. Kreis. Zweierreihen. Pinguinformation (keine Pingu-Information ;-). Dabei beobachtet, wie Stefan das mit gekräuselten Lippen duldet. Es bleiben blaue Bilder mit ein bisschen grün. Sonst nichts.

FBI-mäßig alle Indizien aus der Dosen an der Wand in meinem Zimmer nebeneinander aufgehangen: Express-Artikel, Text von Stefan, Bild der Kinder und das der Kollegen. Ich fühle mich ein bisschen wie Scully: „Was haben wir, Mulder?" Mulder schüttelt den Kopf. Ich weiß es selbst: zu wenig, um daraus den Tathergang ableiten zu können. Zu fragmental. Minimal. Gegen Null laufend. Nullkommairgendwasperiode. Quasi nichts.

Danach frustriert Koffer gepackt. Ich hatte beschlossen, diese Einrichtung zu verlassen. Was soll ich denn noch hier? Ich fühle mich als Fehler im System. Fehlplatziert. Wie ein Haar in der Suppe. Oder die Fliege. Irgendwie eingesperrt. Bis zu dem Zeitpunkt, an dem mir klar wurde, dass mich prinzipiell niemand zwingen kann, hier zu bleiben. Ich fühlte mich dann plötzlich völlig frei, das zu tun, was ich tun möchte, was gut für mich ist. Und schließlich hatte ich dann doch am Ende beschlossen (schönen Gruß an meine Eltern), dass es in der Tat hier am besten ist. Sicher. Grenzen geben Sicherheit. Die Welt da draußen ist so schrecklich groß. Und mein

Gehirn fühlt sich klein. Und hier drin? Eine Anstalt für unterschiedliche Stadien des Vergessens. Und ich habe auch vergessen. Ich passe irgendwie doch. Zumindest in meinem Jetzt-Sein.

Anschließend mit Fleischmützchen und K-K gesprochen. Ich hatte da übrigens recht, dass da was läuft. Humpert trug K-K's Beanie. Scheiße, sah der Scheiße aus. Beanie hat definitiv eine Altersverfallsgrenze bei Männern. Bei 30 ist Schluss, sonst siehts aus wie ein gehäkelter Klopapierrollenüberstülper. Fleischmützchenwärmer. Außerdem bin ich mir ziemlich sicher, dass die beiden Händchengehalten haben, heimlich, unterm Tisch, an dem wir uns im Besprechungszimmer gegenübersaßen. Süß irgendwie. Konnte durchsetzen, dass ich zukünftig weder gefesselt, betäubt, abgeführt werde oder sonst irgendwas gegen meinen Willen passiert. Habe jetzt den Sonderstatus eines „Kurgastes".

Läuft doch.

Und dann letztendlich das Handy wieder in die Hand genommen. An die Wand hatte ich es nicht geklebt. Hält ja nicht. Wäre vermutlich runtergefallen. Und ganz kaputt gegangen. Todesstoß. Dann bemerkt, dass es die einzige Verbindung zu meiner Vergangenheit ist. Und dann doch beschlossen, das Display reparieren zu lassen. Ich weiß weder was ich suche noch was ich finde. Und wie viel ich davon wissen will. Kann. Ertrage. Verstehe. Aus meiner Vergangenheit ist niemand mehr da, der mir Fragen beantworten kann.

„Flaschenpost?" (Nicht meine Frage.)

Ich spüre seinen grinsenden Atem im Nacken. Etwas Zitroniges steigt mir von hinten in die Nase. Und irgendetwas kribbelt. In meinen Füßen. Und kommt langsam nach oben. Vermutlich der Drang wegzurennen. Hätte wahrscheinlich jeder, wenn man sich in einer Klosteinduftwolke befindet.

„Eingangs- oder Ausgangspost?" fragt Stefan nochmal.

„Stillstand." sage ich als ich merke, dass sich die Blechdose mit Handy an Board gerade analog zu meinem Gesamtzustand verhält. Ferngesteuert gehen meine Beine ein paar Schritte tiefer ins Wasser. Körperliche Nähe macht mich irgendwie unruhig. Es plätschert leise. Dann Zitrone. Dann wieder Kribbeln.

Abrupt drehe ich mich um. Fünffingerbreit zwischen Stefan's und meiner Nase.

Ganzkörperkribbeln.

„Kannst du mir mal verraten, warum du immer hier bist, wenn ich auch hier bin?" fahre ich ihn an.

„Zufall." Er grinst etwas blöd.

„Ich glaube Absicht." Ich mache einen übergroßen Schritt nach hinten. Der Boden sackt unter meinem Fuß weg. Ich verliere das Gleichgewicht und mache eine ungelenke Mikroarschbombe. Obwohl, Visagenbombe trifft es eher. Im Fall versuche ich nämlich noch, mich um 180 Grad zu drehen, um Peinlichstes zu vermeiden. Stattdessen komme ich platschend mit dem Gesicht auf. Mein Fiffi löst sich von meinen Monchichihaaren. Ich versuche noch, ihn zu greifen, das Miststück schwimmt jedoch ob der neuen Freiheit einfach weg. Bewegt sich lautlos Richtung Blechdose. Stefan prustet los. Wenn ich könnte, würde ich ihm eine scheuern, weil er mich offensichtlich auslacht. Ich stecke jedoch fest, meine Füße sind gefühlt bis zu den Knien im schlammigen Boden des Sees eingesunken. Und Fiffi und Dose gleiten fröhlich von dannen.

An irgendwas erinnert mich das. Also nicht der Dosenfiffi, sondern ich, im Wasser.

„Soll ich mal?"

Na bitte, wenigstens bietet er mir seine Hilfe an. Ich nicke.

„Dann: Arme hoch!"

Irritiert reiße ich die Arme nach oben. Will er mich erschießen oder rausziehen? Noch ehe ich Zeit habe, weiter darüber nachzudenken, rennt Stefan durch das flache Uferwasser wie ein Irrer auf mich zu. Spinnt der?

„Was soll…" kreische ich noch, als Stefan brutal und frontal gegen mich prallt, der Schlamm mit einem gefühlten Schmatzer meine Füße freigibt und ich von diesem Zweimeterkerl der Länge nach unter Wasser gedrückt werde.

So muss es sich wohl anfühlen, wenn man auf einer Wolke schläft, denke ich, als Stefans Gewicht mich unter Wasser und in den modrigen Boden presst. Ich halte die Luft an. Finde das Gefühl irgendwie angenehm. Fluffig, leicht, zuckerwattig. Farblich vermutlich eher Flitzekacke als eine Wolke. Aber ich habe ja die Augen zu. Ich frage mich kurz, warum Stefan sich nicht bewegt. Was wird das, wenn's fertig ist? Toter Tandem-Fisch? Oder steckt er vielleicht mit den Händen in den Schlammwolken fest? Ist er ohnmächtig? Oder noch schlimmer: ertrunken? Aalmäßig tauche ich unter ihm heraus, packe sein Füße und ziehe in turboschnell so weit ich schaffe Richtung Ufer. Stefan hat die Augen geschlossen. Ich ziehe seinen Kopf auf meinen Schoß, beuge mich über ihn, um zu hören, ob er noch atmet, als mich etwas aus dem Nichts fest auf Stefan's Lippen drückt. Ich schmecke Zitrone. Schmeckt irgendwie besser, als es riecht. Ich will gerade anfangen zu überlegen, wie ich dass denn so finde, so grundsätzlich, als wieder etwas aus dem Nichts auf Stefan's Nase landet. Die Hand kenne ich. Ist meine. Offensichtlich fand meine Hand die Aktion ziemlich Scheiße, während meine Lippen irgendwie prickeln und mein Verstand formal korrekt Stefan anranzt: „Was bildest du dir den eigentlich ein, hä?“

Stefan: „Nichts.“

Ich: „Ich dachte, du bist ertrunken!“

Stefan: „Du hast dir Sorgen um mich gemacht?“
Blödes Grinsen.

Ich: „Nö, um mich. Denn wenn du ertrunken wärst, wäre ich vermutlich auch ertrunken. Du lagst auf mir wie ein nasser Sack. Was sollte das?“

Stefan: „…“

Ich: „Wieso hast du mich ungebremst umgenietet?"

Stefan: „Hab ich nicht."

Ich: „Sondern? Bremse kaputt?"

Stefan's Kinnlade klappt runter. Augen klappen sperrangelweit auf.

Stefan: „Ich dachte, du....du wolltest nicht...also...nein?"

Ich: „Was wollte ich? Apnoe-Tauchen, oder was?"

Stefan: „Also...so wie du da eben im Wasser standest, meine ich, Arme oben...Dängsi Dongsi?"

Ich: „Wer ist Dängsi Dongsi? Die Brüste von irgendwem?"

Stefan dreht den Kopf weg.

Pause.

„Du hattest gar keine Erinnerung, oder?" Klingt traurig.

„Wann?"

„Na im Wasser."

„Nö. Hab bloß festgesteckt. Im Schlamm."

„Und jetzt?"

„Hä?"

„Sagt dir das was?"

„Was?"

„Na Dängsi Dongsi."

„Schwester von King Kong?"

„Sophie, ich meinte das ernst."

„Ach echt? Komisch, ich fühle mich gerade ziemlich verarscht."

Stefan schweigt. Steht auf und geht wie ein begossener Pudel zum Ufer. Und in mir macht sich in meiner

Magengegend etwas breit. Etwas Unangenehmes. So als würde mir jemand in den Magen schlagen und mir anschließend die Gedärme rumdrehen. Mir ist übel. Schwindelig. Ich friere. Da sind plötzlich die bunten Lichter. Die Leute. Das Leuchten des Handys. Die Musik. Die Bühne. Die Drinks. Etwas in meinem Kopf versucht sich zu verknoten. Es tut weh. Mein Herz setzt aus. Schlägt dann wild durcheinander. Mit voller Wucht vibriert es durch meinen Körper. Als ich versuche, etwas zu sagen, kullern unangekündigt Tränen über meine Wangen. Als ich auch aus Stefan's Augen Tränen kullern sehe, brauche ich die Frage eigentlich gar nicht stellen. Die Hoffnung stirbt zuletzt und in diesem Fall hoffe ich, dass ich mich irre, deswegen frage ich letztendlich unter völligem Schluchzen doch:

„Ich... habe....auf dich gewartet...oder?"

19. Kapitel

Irgendwie ist es total offensichtlich und doch habe ich es nicht gesehen. Oder Stefan hat es zwischenzeitlich heimlich reingephotoshopt. Vielleicht ist alles erstunken und erlogen und er will mir hirnloses Opfer nur diese beschissene Geschichte unterjubeln, um mich zu erpressen. Oder meine Eltern. Er will mich entführen. Und dann diese Lösegeldnummer durchziehen. Ich habe anscheinend zu viele Filme gesehen.

Wieder schaue ich auf dieses blonde Filzbüschel, dass von hinten zwischen den Beinen meines Kollegen baumelt. Vermutlich hatte ich noch versucht, dieses kleine Indiz hinter seinem Rücken zu verstecken. Ich hatte wohl nicht damit gerechnet, dass dieser Cowboy sich für das Foto so breitbeinig hinstellt. Macho. Wenn man nicht weiß, was es ist, sieht es irgendwie lustig aussieht. Nach maximalem Arschhaarwachstum. Und selbst wenn es jemand sieht, sagt es für andere nichts aus. Niemand kann damit etwas anfangen. Vermutlich sieht es nichtmal jemand. Ich habe es ja erst auch übersehen, weil ich allen nur auf das Gesicht geguckt habe. Und nicht zwischen die Beine.

Vor etwa einer halben Stunde hat Stefan mir gesagt, dass es damals, vor 4 Jahren, anfing. Bei diesem Betriebsausflug mit der Firma. Er war einer derjenigen, die von der Agentur gebucht worden waren. Für Teambildingtrainings, Morgenyoga, Klangschalenreisen, künstlerische Arbeiten, sowas halt. Erst dachte ich, er erzählt mir Blödsinn. Er ist schließlich nicht auf dem Bild, daran konnte ich mich erinnern. Er sagte, er hätte das Foto gemacht, sei deswegen nicht zu sehen. Aber er hätte mir vorher seinen sogenannten Sonnenschutz gegeben. Auch das glaubte ich nicht.

Und jetzt stehe ich hier, im meinem Zimmer. Mit dem Bild. Blick auf Arschhaarsonnenschutz.

Es stimmt.

Er war da.

Ich versuche mir einzureden, dass das erstmal nichts heißt. Er hat keine Beweise. Da spricht Scully. Vielleicht ist er seit Jahren in mich verliebt. Und hatte von mir ein Dauerkorbabo kassiert. Da kam der Unfall und meine Amnesie. Was besseres konnte ihm nicht passieren. Bahn frei.

Ich weiß, dass es nicht stimmt.

Und plötzlich empfinde ich Hass. Auf mich selbst. Jetzt ist mir auch klar, warum ich mir das Gesicht zerkratzt habe, als ich das Bild zum letzten Mal, in der Phase meiner geistigen Umnachtung, in den Händen gehalten habe. Vermutlich hatte ich an besagtem Tag einen Flashback. Und anscheinend konnte ich mich wohl daran erinnern, welche Person am Tag des Fotos aus mir geworden war und noch werden würde, oder was dort, damals, begonnen hatte. Da, auf dem Foto, da steht jemand, der ich nie sein wollte. Ich erkenne mich nicht. Was ich sehe, ist eine Frau mit Geheimnissen. Jemand der offensichtlich gelogen hat. Ich war immer der felsenfesten und tiefen Überzeugung anders zu sein. Die Kontrolle zu behalten. Dinge sein zu lassen. Vernünftig zu sein. Und ehrlich. Und eine Löwin. Und überhaupt.

Ich stelle das Bild zurück auf die Kommode.

Ziehe mir trockene Sachen an.

Föne meine Haare.

Klemme mir ein großes Handtuch unter den Arm.

Und kehre dann zurück zu dem See, an dem er immer noch sitzt und auf das Wasser starrt.

Ich wusste, er würde nicht weggehen.

Ich weiß nicht, warum.

Vorsichtig betrachte ich ihn aus einiger Entfernung. Er ist nicht das, von dem ich früher einmal gesagt hätte, er ist mein Beuteschema. Eher das Gegenteil von Tim. Gar kein sportlicher Körper. Insgesamt zu groß. Die Beine im Verhältnis zum Körper viel zu kurz. Typ Sitzriese. Viel älter als ich. Grundsätzlich interessant, aber nicht jemand, dem ich auf der Straße hinterherschauen würde. Und eine hohe Stirn. Und dann noch diese Mütze. Klamotten sind auch uncool. Will sagen: Gerade kann ich nicht verstehen, was ich an ihm anziehend finden soll.

Und gleichzeitig merke ich: Das wäre jetzt der richtige Moment, um alles wieder geradezubiegen. Alles richtig zu machen. Ich kann mich in keinster Weise an ihn erinnern. Schon gar nicht an etwas, das zwischen uns gewesen sein soll. Ich könnte jetzt, in diesem Moment auf dem Absatz kehrt machen. Und gehen. Es ignorieren, zurücklassen. Es wäre so einfach für mich. Endeausmickeymaus. Dann warten, bis die Erinnerungen zurückkommen. Und dann wieder zu meiner Familie zurückkehren. So einfach könnte das sein. Dann wäre alles wieder gut.

Und dann sehe ich ihn da, am Ufer, im Gras, tropfend, mit hängenden Schultern. Mein Herz fühlt sich aus einmal schwer an. Und dann mir wird klar, wie viele Menschen ich in der letzten Zeit verletzt habe. Ich will keinem mehr wehtun. Und außerdem will ich wissen, was da passiert ist und was mich so verändert hat.

Vorsichtig lege ich ihm das Badehandtuch auf die nassen Haare. Er zittert am ganzen Körper. Augen rot. Als ich ihm das nasse Hemd ausziehe, merke ich, wie sich sein Körper entspannt. Muttimäßig und vielleicht ein bisschen unbeholfen knote ich das Handtuch um seinen Oberkörper. Sieht ein bisschen aus wie ein Bediunenmensch. Anschließend lasse ich mich neben ihn ins Gras fallen. Ich habe das Bedürfnis ihn zu wärmen, vielleicht aus Mitleid, und bringe nicht den Mut auf, ihn anzufassen. Ich bin etwas unsicher. Stattdessen rücke ich sehr nahe, bis sich unsere Flanken berühren. Als er tief und hörbar ausatmet, weiß ich, dass es o.k. ist. Diese Nähe. Für ihn. Und auch in mir wird es plötzlich warm. Etwas Vertrautes macht sich in mir breit. Es fühlt sich gut an. Irgendetwas in mir hat sich gerade erinnert. Etwas, das nichts mit meinem Kopf zu tun hat.

"Was macht die Dose eigentlich da?" fragt Stefan. „Schwimmen?"

Stefan rollt die Augen.

„Da ist mein Handy drin." Nicht, dass das logisch klingt.

„Warum das?"

„Weil ich mich nicht entscheiden konnte, ob ich es haben will oder nicht.

„Weil..."

„Es offensichtlich etwas mit meinem Unfall zu tun hat."

Stefan nickt.

„Und da dachtest du, du steckst es in die Dose und schmeißt es ins Wasser?"

„Ja."

„Weil..."

„...dann Ebbe oder Flut entscheidet, ob es zu mir kommt oder nicht."

„Das ist ein See. Da gibt es keine..."

„Ich weiß. Trotzdem."

„Soweit ich das einschätzen kann, geht deine Rechnung nicht auf."

Wie zur Bestätigung wippt die Dose sanft auf und ab ohne sich von der Stelle zu bewegen.

„Hast du deinen Knochen denn noch?" fragt Stefan.

Schnell fasse ich mir an Arme, Beine, Kopf.

„Alle noch da."

Stefan grinst.

„Dein Knochen ist dein altes Handy. Das von Samsung. Mit der Mieze-Katze."

„Wieso heißt es Knochen? Katze schon tot und verwest?"

„Weil es so alt ist. Ich nannte es so."

„Mmh, vermutlich habe ich das nicht mehr. Weil ich doch das da jetzt habe." Ich zeige auf die Dose.

„Ich bin mir sehr sicher, dass der Knochen noch irgendwo ist. Das iPhone war ein Geschenk von mir. Zweittelefon sozusagen."

„Was soll ich mit zwei? Stereotelefonieren? "

„Das zweite war... nur für uns."

„Ich verstehe nicht..."

„Du hattest Sorge, dass dein Mann mitbekommt, wie oft du online bist."

Ich ziehe die Augenbrauen hoch.

„Mitunter haben wir uns sehr viele Nachrichten geschrieben. Über WhatsApp. Eigentlich immer...wenn wir uns nicht sehen konnten. Wir waren ständig miteinander verbunden."

„Weiß Tim von....uns?" Fällt mir schwer, das zu sagen. Uns.

Klingt komisch. Etwas unwirklich.

Stefan schüttelt den Kopf.

„Du konntest ES ziemlich gut verstecken."

„Du meinst das zweite Handy?"

Wieder Kopfschütteln.

„ES."

„Wie es?"

„ES eben. Groß geschrieben."

„Ist ES nicht ein Spielfilm von Stephen King?"

„Auch. Ich meine das, was zwischen uns.... war. Wir nannten es ES."

„Weil...?"

160

„Weil es etwas unheimlich… war."

„Weil…?"

„ES so groß war. Überirdisch." Stefan's Augen leuchten. Ich fühle mich etwas unwohl. Ich habe ihn so noch nie reden hören. Er sprüht förmlich. Und ehrlich gesagt, weiß ich nicht genau, wovon er spricht. Er, sie, ES. Abkürzung für Extreme Scheiße. Was soll der Stuss?

20. Kapitel

Am nächsten Tag Krisensitzung bei Frau K.-K. Sie trägt heute sehr lang und sehr blond. Mit Pony. Erinnert mich ein bisschen an Agneta. Die von Abba. Ich habe Boomerang-Gedanken. Ich überlege kurz, ob ich sie nach dem Grund ihrer radikalen Typveränderung fragen soll. Multiple Persönlichkeit? Rollenkonflikt? So was in der Art. Vielleicht hat sie sich von ihrem Mann getrennt und ist mit Fleischmützchen durchgebrannt. Sie trägt keinen Ehering. Vielleicht hatte sie auch vorher keinen. Hab nicht drauf geachtet.

„Und? Welches Problem haben sie heute?" fragt sie ziemlich kratzbürstig. Holla, die Waldfee. Was ist denn da passiert?

Ich bin mir nicht sicher, ob ich nicht besser gehen sollte. Ich habe ein bisschen Angst vor Frau K.-K. Sie sieht so aus, als wäre sie heute durchaus in der Lage, mich mit ihren blonden Extensions zu erwürgen.

„Gefühlsleere." In der Kürze liegt die Würze. Wenige, präzise Worte sind wohl heute besser. Und eigentlich trifft es ja auch den Kern. Was dann folgt, ist ziemlich gepfeffert. Was habe ich denn da angeschubst?

„Tja, Sophie, wie das Leben so spielt. Da glaubt man, den Richtigen gefunden zu haben. Und das beste: Dieser Mensch gibt ihnen genau das gleiche Gefühl. Und dann lässt man los, gibt sich dem Glück hin, ist offen, ehrlich, intensiv und unkontrolliert. Man gibt sich dem komplett hin, vertraut, glaubt. Es fühlt sich richtig an. Und am Ende… am Ende geht es doch nur um das Eine. Wissen sie was: am besten steckt man alle in einen Sack und haut drauf. Man trifft immer den Richtigen. Alles Wichser."

Frau K-K ist ziemlich rot im Gesicht. Wie ein Streichholzkopf. Und ich weiß jetzt was Sache ist. Die Sache mit Humpert ist schiefgegangen. Und in ihrem Fall sind ihre Haare die typische Reaktion. Veränderung halt.

„Wollen sie jetzt reden oder nur dumm da rumsitzen?"

Frau K-K ist offensichtlich emotional so aufgeheizt, dass ich wohl heute kein professionelles Gespräch erwarten kann. Aber wo ich schon mal hier bin…

„Was ist, wenn man auf einmal für sämtliche Personen, denen man anscheinend nahe steht, nichts mehr fühlt?" Kleine Andeutung, die gleichzeitig das Feld ihres Wissensstands sondiert.

„Sie meinen, sie hegen keinerlei Gefühle mehr für ihren Mann."

Ich nicke zögerlich. Jetzt weiß oder vermute ich zumindest, dass sie von Stefan nichts weiß. Kann mich natürlich auch täuschen. Werde vielleicht noch einen zweiten Anlauf versuchen. Später.

„Das kann mit der Amnesie zu tun haben. Es kommt, wie es kommt."

So schnell gebe ich noch nicht auf.

„Gibt es da denn irgendwelche Erfahrungen, Statistiken oder so?"

„Sophie, was bringen ihnen irgendwelche Statistiken? Im Zweifel machen sie sie nur nervös. Sie sind sie und ihr Körper ist ihr Körper. Sie sollten sich da nicht vergleichen."

„Aber es muss doch einen Weg geben, wie man das Ganze beschleunigen kann..."

„O.k., verstehe.... schon mal an bewusstseinserweiternde Drogen gedacht?"

Das meint sie nicht ernst.

„Hier arbeitet doch diese Küchenkraft....die Dicke... die Dunkle."

„Sie meinen Lulu?"

Frau K-K nickt.

„Die wohnt doch in diesem Asi-Viertel in Köln... Chorweiler, Vingst..."

„Kalk." sage ich.

„Genau...fragen sie die doch mal, ob sie Ihnen was organisieren kann... Speed, LSD, sowas in der Richtung. Die sitzt doch da an der Quelle."

Ich schweige.

„Wissen Sie, sie haben nichts wirklich vergessen. Ihre Vergangenheit ist noch da."

Ausgiebig massiert sie ihre Kopfhaut. Anschließend sehen ihre Rapunzelhaare eher trumptollenmäßig aus. Vermutlich zu trocken geworden, von der ganzen Blondierung. Ich kenne ja das Problem.

„Irgendwo, hier oben drin. Nur, dass ihr Bewusstsein im Moment darauf nicht zugreifen kann. Stellen sie sich vor, da ist eine Schublade, da ist alles drin und sie haben den Schlüssel verlegt. Und irgendwann finden sie den Schlüssel. Und dann zack, rein, drehen, tadaaaa, da sind alle ihre Schubladengeschichten."

Wieder kommt mir der Gedanke, dass mein Zimmer heimlich überwacht wird. Alles klar, Schubladengeschichten. Woher sollte sie sonst wissen, dass alles, was ich aus meiner Vergangenheit habe, in der Schublade in meinem Zimmer steckt. Ab sofort werde ich 24 Stunden am Tag die Rollläden geschlossen lassen. Und dann werden wir ja sehen. Und irgendwie hat sich heute das Gefühl, hier gut aufgehoben zu sein, gerade verabschiedet. Drogen, ich fasse es nicht. Die ist doch niemals Diplom-Psychologin. Entweder hat sie sich hochgeschlafen oder ihr Diplom am Kaugummiautomat gezogen. Oder sie ist bloß eine Vertretung für die echte Frau K-K, die auch noch die Frau von Humpert ist. Irgendwie sowas. Ihr echter Job ist bestimmt: Versuchskaninchen. Im Friseurladen. Bei Marita. Beziehungsweise Haarmodell, oder wie man das nennt. Was für eine Muppetshow. Oder doch versteckte Kamera. Und irgendwie fühle ich mich gerade ziemlich alleine. Wie eine Löwin, die ihr Rudel verloren hat. Verstoßen trifft es wohl eher. Und wieder stelle ich mir die Frage, ob ich wirklich eine Löwin bin. Oder jemand, der lediglich in einem Löwinnenkostüm rumläuft.

21. Kapitel

Mitten in der Nacht werde ich schweißgebadet wach. Mein Herz rast. Mein Zimmer ist stockfinster. Jalousie maximal runtergefahren. Keine Luftschlitze mehr, quasi luftdicht verschlossen. Vermutlich ist die Temperatur dadurch auf 38 Grad gestiegen. Da würde jeder schwitzen. Keine tieferliegende Bedeutung. Und Wechseljahre wäre auch noch was früh. Ich taste mich zum Fenster vor. Als ich es öffne, merke ich, bringt nichts. Mein Zimmer ist wie ein fensterloser Luftschutzbunker. Ich lasse hier nichts und niemanden mehr rein. Als erstes schmeiße ich meinen Bärchenschlafanzug in die Ecke. Leider nur so lange erträglich, bis ich wieder trocken bin. Dann geht die Schwitzerei wieder von vorne los. Ich werde zum Verrecken weder Licht anmachen, noch die Jalousie öffnen. Mir bleibt nur die Flucht. Schnell Bärchenanzug wieder anziehen. Als ich auf den Flur trete, ist es schon deutlich kühler. Ich husche über den notbeleuchteten Flur und klopfe vorsichtig bei Sieglinde. Nix passiert. Kein Sägen zu hören. Liegt wohl auf der Seite. Erneutes Klopfen. Nix. Entweder schläft sie tief und fest, vermutlich hat sie aber das Hörgerät ausgezogen. Oder beides. Als ich einfach eintrete, finde ich ein leeres, unbenutztes Bett vor. Erschrocken zucke ich zusammen. Jetzt fällt mir auf, dass ich sie schon länger nicht gesehen habe. Nicht, dass…? Oh nein.
Wie von der Tarantel gestochen sprinte ich ins EG.

Völlig aus der Puste bleibe ich an der Empfangstheke vor dem Geier stehen, der mich irritiert anglupscht.

„Einlauf?" fragt er.

„Was?" keuche ich.

„Na die meisten, die hier zu so unchristlichen Zeiten erscheinen, meinen, sie brauchen einen. Und?"

Ich schüttele irritiert den Kopf.

„Schlafmittel?"

Wieder Kopfschütteln.

„Zimmer Nummer 124, oder?"

Ich nicke. Herr Geier raschelt mit irgendwas hinter der Theke, steht dann auf und flüstert.

„Suchen sie vielleicht Lulu?"

Ich verstehe nicht...

„D...R...O...G...E...N" buchstabiert er fast tonlos und wedelt mit einem Zettel. Hat Frau K-K ihm etwa eine Notiz hinterlassen? Ich fasse es nicht. Wobei, eigentlich wundert mich hier nichts mehr. Ich kann mich auch nicht erinnern, einen Bedarf geäußert zu haben. Zumindest verbal nicht. Vielleicht nasal. Das Deuten von nonverbalen Botschaften gehört wohl nicht zu Frau K-K's Stärke. Noch bevor ich etwas Blödes sagen kann, redet der Geier einfach weiter.

„Also es ist so... Frau Krienke-König hat wohl noch nicht die Info erreicht, dass Lulu uns kurzfristig verlassen hat. Sie ist jetzt wieder zurück in Kalk."

Ich hatte es ja schon vermutet. Lulu ist mit ihren ungewöhnlichen Betreuungsmethoden aufgefallen. Ob sie nichts von den ganzen versteckten Kameras wusste? Sind Angestellte von sowas nicht in Kenntnis zu setzen? Das kann doch nicht rechtens sein. Wäre ein Fall für meinen Anwalt. Definitiv.

„Sie ist gefeuert worden?"

„Nein. Es war ihre Entscheidung. Sie widmet sich jetzt einer ganz anderen Aufgabe."

Was denn? Schnaps brennen? 1-Liter-Flachmänner produzieren? Schnaps als Mittel gegen Demenz zum Patent anmelden?

„Hat sie ein afrikanisches Restaurant eröffnet?" frage ich stattdessen.

„Nein, nein. Ganz anders. Sie arbeitet ehrenamtlich in einem Flüchtlingsheim. Sie unterrichtet dort syrische Flüchtlinge."

„Sie bringt denen kochen bei?"

„Nein, deutsch."

Wie soll das denn gehen? Ich wage zu bezweifeln, dass Lulu auch nur ein Wort hochdeutsch spricht. Do laachste dich kapott, § 11 des kölschen Grundgesetzes. Also ich, innerlich zumindest. Auf der anderen Seite: ein paar Kölsch sprechende syrische Mitbürger... wieso nicht. Auch eine Form von Integration.

„Und was ist mit Sieglinde?"

„Die hat sich vor einigen Tagen beim Sport den Fuß gebrochen. Alles halb so wild. Sie wurde operiert und ist jetzt bereits in der Reha. In ein paar Wochen ist sie wieder da."

Mir fällt mein Kopf runter. Niemand ist mehr hier. Et bliev nix, wie et wor, § 5. Etwas schlurfig bewege ich mich zurück Richtung Flur, als der Geier mir flüsternd nachruft:

„Falls ihnen Lulu's Schnaps weiterhelfen sollte… ich weiß wo ihre geheimen Flachmannvorräte sind."

Eins seiner Glubschaugen verzieht sich zu einem monströs großen Augenzwinkern, als ich auf der Ferse kehrt mache.

Ich versuche möglichst leise zu sein, was mit ungefähr 15 Flachmännern aus Alu in einer Aldi-Tüte eine ziemlich Herausforderung ist. Ich gehe im Zeitlupentempo über die Wiese vor dem Elisabeth-Haus. Bewege mich langsam weg von diesem Bunker. Extreeeeeeeeeem laaaaaaaangsaaaaaaam. Trotzdem scheppert es. Man könnte meinen, eine Milchkuh mit Kuhglocke ist gerade auf dem Weg zu ihrem Weideplatz. Ich habe jedoch ein anderes Ziel. Es ist noch dunkel. Der Himmel sternenklar. Weit hinten färbt er sich rosa. Bald wird es hell. Noch spiegelt sich der Mond auf der Oberfläche. Als ich an dem Platz mit der Bank angekommen bin, liegt da Stefan's Sonnenschutz. Hat er wohl vergessen. Ich möchte lieber auf der Wiese sitzen und nutze ihn daher als Sitzkissen. Vermutlich ist das Gras noch etwas feucht. Als ich den ersten Flachmann aufschraube, den ersten Schluck nehme, fühle ich mich etwas besser. Im Wasser plätschert etwas leise. Ich schaue in den Himmel. Ich warte auf eine Sternschnuppe. Ein bisschen Glück könnte nicht schaden. Was würde ich mir wünschen?

„Herr, wirf Hirn." rufe ich in den Himmel. Stoßgebete sollen ja auch helfen.

„Vielleicht könntest du mir erstmal meine Klamotten rüberwerfen."

Erschrocken schaue ich nach links. Dort steht in einiger Entfernung Stefan. Nackt. Soviel ist klar. Wieso hat Gott mir einen nackten Stefan geschickt?

Etwas silbernes blitzt im Mondschein auf. Dort, wo seine Männlichkeit ist. Ein silbernes Efeublatt? Dann weiß ich es.

„Hatte ich dich darum gebeten?" rufe ich barsch.

„Sophie, ich…"

„Dachte, ich weiß."

„Lass uns drüber reden. Bitte."

Ich drehe den Kopf weg. Ich wollte doch alleine sein. Ich und die Flachmänner.

„Vielleicht könntest du…" wedelnde Armbewegung in die Dunkelheit. „Ich wäre lieber angezogen."

„Wozu hat Gott dir Beine geschenkt? Hol dir deinen Mist selbst."

Stefan schlurft durch die Wiese. Als er die Dose abstellt, drehe ich anstandshalber den Kopf weg und frage mich, ob das überflüssig ist. Vielleicht könnte ich mich ja wenigstens daran erinnern. Der Piiiiieeps der Erinnerung. Wer weiß, vielleicht kann ich ja auch bei Wetten dass…? eine Wette einreichen. Ich wette, dass ich mit verschlossenen Augen 10 Männer nur an ihrem Piiiiieeeps erkennen kann. Keine Ahnung, ob die Einschätzung richtig ist. Bin ich eine Mikro-, Midi- oder Maxi-Schlampe?

Als Stefan direkt neben mir steht, packt mich die

Wut. Ich springe auf und versuche, nach der Dose zu greifen. Stefan ist schneller. Ich werde ihm die Dose aus der Hand zu reißen. Ich entscheide, wann was passiert. Und ich will dieses Handy jetzt nicht zurück. Definitiv nicht. Stefan hat die Dose fest im Griff. Ein wildes Gerangel entsteht. Er ist vermutlich einen Viertelmeter größer als ich. Ich merke, ich habe keine realistische Chance, rein kräftemäßig. Also mit List und Tücke. Packendrehenziehen ginge. Auf den Fuß treten. Ins Ohrläppchen beißen. Finger in die Augen. Ich kann mich nicht entscheiden, alles ist voll fies und tut weh. Stattdessen wildes Rumgefuchtel meinerseits. Stefan weicht aus, hält gegen, wehrt ab. Irgendwann lassen meine Kräfte nach. Die Bewegungen ändern sich. Wildes Gezappel. Körperteile prallen auf Körperteile. Bewegen sich zusammen weiter. Werden synchron. Die Dose platscht auf den Boden. Stefan's Arme sind plötzlich auf meinem Rücken. Pressen mich brutal gegen seinen Bauch. Meine Nase landet auf seiner Brust. Sein Gesicht in meinen Haaren. Er atmet tief ein. Mir bleibt die Luft weg. Ich fühle mich gefangen. Irgendwie. Es ist eng. Es tut ein bisschen weh. Und doch ist es auch etwas anderes. Als Stefan's Hände ganz vorsichtig mein Gesicht umschließen und er langsam den Kopf zu mir runter neigt, weiß ich, ich werde mich nicht mehr wehren. Ich lasse es zu.

22. Kapitel

Wortlos beobachten wir den beginnenden Tag. Wir sind immer noch nackt. Kühlen langsam wieder ab. Die Haut wird trocken. Die Luft ist noch angenehm kühl. Die leeren Flachmänner purzeln im See sanft durcheinander. Erinnern mich an diese Enten auf der Kirmes, die man angeln soll. Wo dann unter dem Pöbbes ein Nümmerchen klebt. Hicks. Als ich den Kopf hebe, um den letzten Schluck aus dem Flachmann runterzuschütten, merke ich wie schwindelig mir ist. Hicks. Meine Gedanken fangen an zu lallen. Krass. Wusste nicht, dass das geht. Mein Kopf ist komischerweise noch ganz klar. Ich schaue rüber zu Stefan, der irgendwie ein bisschen schielt und selig oder dämlich grinst. Kann ich nicht mehr genau erkennen.

Innerlich fühle ich mich völlig Scheiße. Etwas passt da nicht richtig zusammen. Quietscht, knirscht, hakt, sowas in der Richtung. Ich habe etwas in mir nachgegeben, es zugelassen, Bremse gelöst und doch fühlt es sich gerade irgendwie falsch an. Ich hatte gehofft, dass diese körperliche Nähe zuzulassen bedeuten würde, etwas von dieser Distanz, die ich vorher Stefan gegenüber gefühlt habe, aufzulösen. Etwas vertrautes zurückzuholen. Etwas wieder zum Leben zu erwecken. Wiederbelebung. Ein bisschen hoffen, dass auf einer anderen Ebene etwas mit mir geschieht. Keine spirituelle Scheiße. Oder doch? Vielleicht irgendwas zwischen Herz, Körper und Geist.

Oder parallel. Dieses komische ES-Dingsbums vielleicht. Und wieso fühle ich mich jetzt schlecht?
Schlechter als vorher? Ist die Drecksau von Gewissen
jetzt etwa aus dem Dornröschenschlaf erwacht?

Was war dann dieses bisschen Fühlen, dass sich da
bei unserer letzten Begegnung gezeigt hat? Und die
Wiederholung dessen vor einer Stunde? Eine zellen-
basierte Verirrung? Oder nur einfach stinknormale
Lust? Ein Körper, der nach keine Ahnung wie langer
Abstinenz wegen Amnesie und Koma und so gehört
werden will?

Als hätte er meine Gedanken gelesen, dreht Stefan
plötzlich schwungvoll den Kopf rum. Fällt dabei fast
um.

„Und?"

„Wasun?" Nicht nur intern, sondern auch extern. Das
Gelalle.

Ups.

„Wie geht es dir?"

„Lampenglühn."

„Mmh…und was… noch?"

„…"

Was will er wissen? Meint er die Frage grundsätzlich,
generell, situativ, punktuell, körperlich, geistig? Oh,
Scheiße. Jetzt weiß ich's. Ich fürchte, er will wissen,
wie er war. Typisch. Los, Sophie, sag was nettes.

„Warwie imma?"

Ups.

Zumindest nichts schlechtes.

„Das ist nicht dein Ernst…" Stefan spuckt ein bisschen. Nicht schlimm.

Scheiße, das war schonma nix. Nomma:

„Fleisch sogar, was schöna als beim lädsden Ma?"

Schon besser.

Stefan fällt die Kinnlade runter.

„Sophie, das eben…das war unser erstes Mal!"

Mir ist plötzlich schlecht. Schwallartig erbreche ich mich über den Klamottenberg, der vor mir liegt.

23. Kapitel

Seit etwa einer Stunde versuche ich an den Anfang der Nachrichten zu scrollen. Mein Gelenk im Daumen brennt schon, vor lauter von oben nach unten wischen. Wer das wohl erfunden hat... vermutlich Hausfrauen, die da bei Apple arbeiten. Und sauber wird das Display auch nicht, eher schlierig. Es müssen tausende von Whatsapp-Nachrichten sein. Die meisten kurz. Schnelle Dialoge. Manche Nachrichten sind aber auch ganz schön lang. Monologmäßig. Manchmal ein Foto von einem handgeschriebenen Text. Unscharf rauscht alles an mir vorbei. Ich überfliege alles nur. Noch sind es inhaltslose Sätze. Blasen mit Wörtern drin. Meine rechts, Stefan's links. Dann endlich der erste Eintrag:

„Schade. Ich hätte gerne mit dir getanzt...!"

Von mir. Ich hab also den Aufschlag gemacht. Vielleicht. Sieht so aus. Weiß nicht. Wer war zuerst da? Huhn oder Ei? Mann oder Frau?

Datum: 13.09.2012

Schnell tippe ich eine Nachricht an Stefan: Wo waren wir am 13.09.2012?

Als ich auf Senden drücke, katapultiert sich die Nachricht ans Ende des Chats. Dämlich. Statt mühsam zum Anfang zurück zu wischen, warte ich erstmal. Sonst passiert das, wenn Stefan antwortet, bestimmt wieder. Lästig. Hin und her. Past and presence. Ein bisschen wie eine Zeitreisende.

Mein letzter Eintrag, am Tag des Unfalls beginnt mit

„Ich wer". Mehr steht da nicht. Was wollte ich schreiben? Ich wer bin? Ich werfe mich an deinen Hals? Ich werde dich vermissen? Ich werkel noch ein bisschen?

Dann die Nachricht davor, ein paar Stunden vorher:
„Warte am Kippenautomat."
Davor du: „Bin gleich da."
Davor ich: „Wo bist du?"
Davor du: „Freue mich auf dich."
Die Nachrichten davor verschwinden hinter dem oberen Rand des Handys. Ich lasse sie dort. Macht keinen Sinn, alles verkehrt herum zu lesen. Ich werde vorne anfangen. Irgendwann. Nicht jetzt.

Stefan antwortet nicht. Hat die Nachricht noch nicht mal gelesen. Ich weiß jetzt, wie der Quatsch funktioniert. Mit den Häkchen. Stefan hat mir alles erklärt. Wo steckt er?

Ich warte also und starre auf das Display. Macht mich ganz hibbelig. Meine Augen brennen auch irgendwie. Leichter Kopfschmerz. Vermutlich postalkoholisch. Cola wär jetzt gut. Und Aspirin. Und vor allem das grelle Display ausmachen, wenn er sich sowieso nicht meldet.

Klick. Dunkel.

Schnell werfe ich mir irgendwas Kleinklamottiges über, was ich in der Dunkelheit zu fassen kriege. Aus dem Bad riecht es nach einer Mischung aus Kokosnuss und Kotze. Kokotze. Oder Kotznuss. Ich hatte heute morgen schnell meine versaute Kleidung ins Waschbecken geworfen. Dann Duschbad dazu. Mangels Alternativen. Vom Geruch wird mir wieder schlecht. Gerüche wecken Erinnerungen, sagt man. Super, klappt. Ich kann meine Gedanken nicht verdrängen. Kann es nicht mehr ungeschehen machen. Ich hatte also Sex mit meinem Geliebten, der offensichtlich nicht mein Stecher ist. Zumindest weiß ich jetzt, dass ich wohl doch keine Riesenarschloch bin. Nur ein kleines. Löchlein. Behutsam streichle ich meinem Gewissen, das irgendwo in Herznähe wohnt, über die Haare. Siehst du, alles gar nicht so schlimm. Mein Gewissen lächelt und klimpert sanft und wohlwollend mit den Augen. Es holt einen blauen Zettel aus seiner Hosentasche, auf dem „1 Mal Sex" steht und zerreißt ihn. Offensichtlich verbucht mein Gewissen das von heute morgen als Ausrutscher. So weit, so gut. Was ich nicht verstehe: wenn wir über gut 2 Jahre was hatten...was auch immer... etwas... wie geht das, ohne Sex. Das ist wider jegliche Evolutionstheorie. Das funktioniert nicht. Geht doch immer nur ums Vögeln. Unterm Strich. Auf dem Strich. Zwischen Männlein und Weiblein. Wollten wir uns aufsparen für die Hochzeit? Oder noch schlimmer, war Stefan noch Jungfrau? Oh Scheiße, und ich war diejenige welche ihn im Suff... Blödsinn. Stefan wirkte nicht wie jemand, der es noch nie getan hat. Es. Da ist es wieder. Groß geschrieben. ES. Meint ES es? Groß und überirdisch. Also ich finde Stefan's Piiiiieps ganz normal. Soweit ich das beurteilen kann. Ich tappe immer noch im Dunkeln. Im doppelten Sinne. Inzwischen habe ich aber im Dunkeln einen relativ guten Orientierungssinn entwickelt, so dass ich relativ zügig die Tür finde. Es ist irgendwas nach zehn. Die Bürgersteige sind hier also schon hochgeklappt. Kommt mir nur recht. Aber ich will keine Ahnung warum gar nicht rechts den Flur runter gehen. Wieso bin ich noch nie links abgebogen? Was ist hinter der Glastür am Ende des Gangs. Kann mir egal sein, trotzdem gehe ich da lang. Vielleicht ist der Weg ja kürzer.

Hinter der Glastür ist keine Treppe. Sondern eine zweite Glastür. Trakt B steht an der Seite. Und weiter hinten sehe ich noch eine. Vorsichtig und leisefüßig betrete ich den Gang, will ja niemanden wecken. Die Notbeleuchtung ist ziemlich dunkel. Deswegen kann ich relativ gut erkennen, dass die vorletzte Tür hinten links etwas offen steht. Ein Lichtstrahl fällt auf den Boden. Als ich näher komme, höre ich eine dunkle Stimme, die nicht aufhört zu reden. Stefan. Vorsichtig luge ich um die Ecke. Als erstes sehe ich riesige Tigerfüße. Also aus Plüsch. An den Füßen von irgendwem. Gucken unten aus der Decke raus. Dann Stefan's wuchtigen Rücken. Er sitzt auf dem Bett. Pinkes Buch in der Hand. Als ich erkenne, wer da im Bett liegt, schreie ich fast vor Schreck auf. Ihr Gesicht ist total eingefallen. Offensichtlich hat sie ihre Zähne nicht mehr an. Die Haut ist ganz fahl. Die Augen geschlossen. Als Stefan sich rumdreht, habe ich Tränen in den Augen. Er bedeutet mir ruhig zu sein, steht auf und schiebt mich zurück auf den Flur.

„Sie ist gerade eingeschlafen."

„Ich dachte, sie sei noch in Kur."

„So war der Plan. Leider ist es aber so, dass sie anscheinend nicht mehr aufstehen will. Manchmal ist das so, bei alten Menschen, die stürzen und stehen nie wieder auf."

Ich habe einen Kloß im Hals und nicke. Ich gehe zu ihrem Bett und greife ihre zierliche, fast durchsichtige Hand.

„Ich warte dann mal draußen," sagt Stefan, erhebt sich und verlässt das Zimmer.

Ich weiß nicht warum, aber ich steige aufs Bett und krieche mit unter Sieglindes Bettdecke. Ein bisschen wie letztes Mal, als sie bei mir übernachtet hat. Ich habe noch nie neben einem Menschen gelegen, der offensichtlich beschlossen hat, dass es Zeit ist. Es ist bedrückend und traurig.

Plötzlich streichelt ihre knochige Hand über meine Haare.

„Dasch aba schön, daschdu gekommen bisch. Schabb sooooo lange nach Dia gerufen, weissu?"

Ich bin entzückt, dass sie mich offenbar vermisst hat. Ich sie ja auch, irgendwie.

„Aba wo isch gätz dasch Lischt?"

Ich drehe mich zu ihrem Beistelltisch um. Lampe brennt noch.

„Wo musch ich denn gätz hin?"

Ich ahne was sie meint. Geh nicht ins Licht, Mary-Ann. Noch nicht. Es ist noch zu früh.

„Herbert. Mein lieber Herbert." flüstert sie und fängt dann unmittelbar an zu schnarchen.

Offensichtlich denkt sie, ich bin ihr verstorbener so-undsovielter Ehemann, der sie holen will. Entweder ist sie völlig im Delirium. Ober aber ich habe den gleichen Haarschnitt. Klassischer Fall von frisörbasierter Verwechslung. Ich hoffe auf letzteres. Sie darf mich noch nicht verlassen. Noch nicht.

Als sie friedlich schnarcht, gebe ich ihr noch einen Kuss auf die faltige Wange und verlasse das Zimmer.

Stefan lehnt in Fragezeichenhaltung an der Wand im Flur. Als er aufblickt und mich so herzwarm anschaut, werden plötzlich meine Knie etwas weich.

„Woher wusstest du, dass Sonntag…"

„Sie hat's mir erzählt, im Malatelier."

„Etwas schräg, was sie so mag, oder?"

Stefan zuckt die Schultern.

„Aber vielleicht weckt das ihre Lebensgeister wieder…oder so."

Stefan lächelt. Ich habe das Bedürfnis, ihn in den Arm zu nehmen. Aber ich tue es nicht.

„Was war am 12.09.2012?" frage ich stattdessen.

Fragezeichen gucken mich an.

„Das ist meine erste Nachricht an dich… in meinem Handy."

Stefan überlegt kurz.

„Das war der letzte Abend, von deinem Betriebsausflug. Deine Chefs hatten einen Karaoke-Abend organisiert. Irgendwo im Nirwana. Der Abend war lustig. Viel Bier und Whiskey. Am Ende hatte dann irgendwie mal jeder mit jedem getanzt. Außer wir."

„Warum nicht?"

„Weiß ich nicht."

„Fanden wir uns da schon.... ?"

„Ja. Wir fanden uns nett. Wir hatten ein paar gute Gespräche, ein paar Kichermomente. Uns war klar, wir können miteinander."

„Können was?"

„Da passte irgendwas vom ersten Moment an zusammen. Und wir haben den gleichen Humor. Und wir waren uns ziemlich schnell ziemlich nah."

„Du meinst... körperlich?"

„Nein... gar nicht."

„Sondern?"

„Als Menschen. Als würden wir uns schon ewig kennen. Viel Vertrautes."

Hört sich eher nach Bruder und Schwester an. Irgendwie. Was o.k. wäre. Vielleicht waren wir das in einem früheren Leben. Soll's ja alles geben. Wer's glaubt...

„Und die Sache mit dem..."

„Du meinst... Sex?"

Ich nicke und werde rot.

„Darum ging es irgendwie nicht."

„Sondern?"

„Du hast mir irgendwann später mal was gesagt...ich sein dein Brainfucker."

Ich verschlucke mich. Was bitte ist ein....? Kopfkino läuft. Woher hab ich solche Bilder? Pfui. Mach mal einer das Licht aus, bitte.

Als ich gerade fragen will, was denn genau bitte ein Brainfucker ist, geht gegenüber die Tür auf und ein

Opi mit viel zu großer Unterhose und sonst nichts schlurft suchend über den Gang. Kurz vor meiner Nasenspitze bleibt er stehen.

„Haben sie nicht was vergessen?" giftet er mich an.

„Die Nachtruhe?" vermutlich waren wir etwas laut und haben den armen Opi geweckt.

„Die Pizza. Ich hatte vor über eine Stunde ein Pizzablech bestellt. Viertel Salami, Viertel Pilze, Viertel Thunfisch, Viertel Margarita."

„Feiern sie eine Party?" fragt Stefan augenzwinkernd.

„Party? Das ist meine Wochenration. Den Scheiß hier kann doch keine Sau fressen. Margarita ist am Ende der Woche dran. Hält am längsten. Der Rest wird vorher schimmelig. Hab ich alles schon ausprobiert. Also?"

„Wir sind nicht vom Pizzadienst, sorry. Vielleicht rufen sie da noch mal an?"

„Typisch. Die jungen Leute heute… alle arbeitslos und lungern rum. Deutschland krepiert noch wegen euch."

Wums. Tür zugeknallt.

Stefan und ich grinsen uns an. Man sollte nicht lachen. Das ist nicht komisch. Aber irgendwie schon, wenn man ehrlich ist. Und gemein. Und traurig.

„Auf der anderen Seite der Tür gibt es nichts mehr zu lachen," sagt Stefan gedankenlesend, als wir uns der nächsten Glastür nähern.

„Was ist dahinter?" frage ich.

„Trakt C."

„Bedeutet?"

„Endstation. Ich nenne sie die Chronischen.“

„Chronisch was?“

„Die, die nichts mehr alleine können. Weder essen, trinken, kacken, sprechen. Man könnte auch sagen: Eine Katastrophe mit C. Chronisch im Nichts.“

Ich schlucke.

„Wir können auch vorher runtergehen, zwischen den Türen ist eine Treppe.“

Ich nicke. Wieso habe ich diesen Teil des Elisabeth-Hauses bisher nicht gesehen? Tunnelblick? Wahrnehmungsstörungen? Vermeidungsstrategie? In jedem Fall besser so. Ich will es auch gar nicht sehen.

Als wir unten in der Lobby stehen, schlawenzeln wir etwas ungelenk umeinander rum.

„Kannst du mir das B-Wort noch erklären?“

„B-Trakt?“

„Brainf....“ flüstere ich und werde schon wieder rot.

Der Geier kriegt Stielaugen, wie vermutlich jeder, wenn in greifbarer Nähe jemand flüstert.

„Willst du vielleicht kurz rausgehen,“ flüstert Stefan.

Ich nicke.

Ich meine beim Vorübergehen zu sehen, wie dem Geier spitze Ohren wachsen. Vermutlich eine optische Täuschung. Oder kopfschmerzbedingt.

Draußen ist es relativ kühl. Ich verschränke kälteabweisend die Arme vor meiner Brust. Man merkt, dass der Sommer langsam geht. Ich habe eindeutig zu wenig an. Sommerkleidzeit adé. Stefan schaut auf meine nackten Beine, zaubert seinen Sonnenschutz hinter dem Rücken hervor und stülpt ihn mir über.

„Besser?"

Ich strecke ihm kopfschüttelnd meine Arme entgegen: „Elefantenpickel."

„Auto?"

„Auto."

Auf dem Parkplatz stehen nur ein paar wenige Autos
und etwas, was nach Schrotthaufen aussieht. Ich hoffe auf außen pfui, innen hui. Was leider nicht der
Fall ist, auf dem Beifahrersitz wurde seit etwa 20 Jahren nicht mehr aufgeräumt. Mit einer schnellen
Handbewegung landet alles im Fußraum. Was zur
Folge hat, dass meine Knie in etwa unter meinem
Kinn hängen, als ich einsteige. Seine alte Saab-Karre
hat zu allem Übel auch noch einen interessanten Ei-
gengeruch. Irgendwas zwischen Uhu, Duftbaum, Ver-
gammelten und Zitrone. Ich könnte darauf verzichten, erinnere mich aber an den Geruch. Ich war
schon mal hier drin.

Stefan rutscht auf seinem Sitz hin und her.

„Du hast anfangs gesagt, ich mache dein Gehirn
glücklich."

„Hä?"

„Das war deine Definition für Brainfucker."

„Nicht ein sehr charmanter Begriff…"

„Ich wusste ja, wie du es meinst."

„Und was macht man so? Als Brainfucker?"

„Reden. Viel reden. Wir haben mitunter Stunden
telefoniert. Fragen stellen. Antworten suchen. Zusammen lachen. Den anderen verstehen. Erkennen.
Größer machen."

„Du willst noch wachsen?"

„Eher du?"

„High Heels sind auch eine Möglichkeit."

„Meinte eher dein Selbst."

„Wird's jetzt spirituell?"

„Nö. Du hast gesagt, du hast ein Raupenhirn."

„Ach."

„Als wir uns kennenlernten, fühltest du dich ziemlich klein. Du hattest dich zu wenig um dich selbst gekümmert und warst darüber geschrumpft."

„Hä?"

„Eine Löwin mit einem angeknacksten Ego. Du hattest über eine lange Zeit alles für deine Familie getan. Alle anderen sollten glücklich sein. Und darüber war dir dein Glück abhanden gekommen."

Das klingt eher nach mir. Also so, wie ich mal war, früher. Wer ist jetzt bin, weiß ich ja noch nicht so richtig. Auch nicht, wer ich sein kann und will. Zumindest fühlt sich das, was Stefan mir erzählt, nicht fremd an. Erschreckend ist, dass Stefan mich anscheinend besser kennt als ich. Was gleichzeitig auch gut ist. Jemanden zu haben, der gerade da ist. Und der mich so nimmt, wie ich gerade bin. Bei dem ich ich sein kann. Welches ich auch immer ich gerade habe. Es fühlt sich richtig an. Obwohl ich weiß, dass es falsch ist. Ein Teil von mir kann sich nicht wehren. Mir wird warm. Ich fühle mich wohl, in Stefan's Nähe. So gut habe ich mich lange nicht mehr gefühlt.

„Und was ist mit dir?"

„Was meinst du?"

„Bist du… liiert?"

„Inzwischen nicht mehr. Als wir uns kennenlernten, war ich es."

„Oh."

„Ist o.k., ehrlich. Mein Leben war gut, bevor wir uns getroffen haben. Ich war zufrieden. Mir fehlte nichts."

Scheiße, also doch die Maxi-Schlampe, die eine Beziehung zerstört hat.

„In meinem Leben dreht sich eigentlich alles nur um die Liebe, weißt du. Ich dachte ich hätte genug, als wir uns trafen. Ich habe nicht nach dir gesucht, ehrlich nicht. Und letztendlich habe ich durch das, was wir hatten, gemerkt, dass ich mir nur etwas vorgemacht habe, weil ich Angst vor Entscheidungen hatte. Und das mit uns war größer, als alles, was davor war. An dem Abend in Bonn, der, an dem der Unfall passierte, hatte ich dir gesagt, dass ich Sonja verlassen werde. Du wolltest das nicht. Keiner von uns hatte bis dahin den Mut gehabt, Koffer zu packen. Wir haben nur darüber geredet, aber es war nie eine Option. Ich glaube, das hat dich unter Druck gesetzt. Vermutlich hattest du das Gefühl, dich auch entscheiden zu müssen. Was ich nicht erwartet habe. Ich konnte nur mein altes Leben nicht mehr weiterleben. Es wäre falsch gewesen. Und ich hatte für mich den Entschluss gefasst, dass es im Zweifel für mich besser wäre, alleine zu sein. Ich hatte dir gesagt, an dem Abend, wir hätten alle Zeit der Welt. Ich wollte mit dir leben oder alleine sein, und ich könnte war-

186

ten. Notfalls auch 20 Jahre."

Mein Herz macht einen Hüpfer, weil er mir seins öffnet. Eine wohlige Wärme durchströmt meinem Körper. Es knistert im Auto. Ich wäre Stefan gerade gerne näher, aber die Scheiß Mittelkonsole steht wie eine Mauer zwischen uns.

„Darf ich dich küssen?" frage ich ihn. Ich glaube, er nickt. Es ist zu dunkel, um sicher sein zu können. Als sich unsere Köpfe über der Mittelkonsole nähern und unsere Lippen sich schließlich treffen, habe ich das Gefühl, dass alles um mich herum sich dreht und zu einer grauen Masse verschwimmt.

24. Kapitel

Am nächsten Morgen ist Sieglinde tot. Ich weiß es, weil ich gerade auf dem Weg in die Lobby bin, als die Sanitäter mit der Liege, auf der unter dem Laken zwei Tigerpfoten herausragen, nach draußen rollen. Ich weiß, es ist o.k. Sie war alt. Faltenschätzungstechnisch vermutlich um die hundert. Trotzdem bin ich traurig. Ich mochte sie sehr und in meiner Zeit hier war sie ein bisschen sowas wie meine Ersatz-Omi. Ich glaube, dass sie, bei aller Unbeschwertheit, die sie so ausstrahlte, ihren Mann letztes Endes doch ziemlich vermisst hat. Nicht nur wegen dem linken Buch. Den sie jetzt hoffentlich vielleicht gegebenenfalls eventuell möglicherweise an einem anderen Ort, von dem wir alle hoffen, dass es ihn gibt, wieder getroffen hat. Und ihr ist dieser fürchterliche C-Trakt erspart geblieben. Sachlich betrachtet ist ihr Timing gut. Denn auch ich habe gestern nach dem Abend mit Stefan entschieden, zu gehen. Nicht ins Licht. Oder vielleicht doch. Im Idealfall finde ich da sowas in der Art. Etwas helles, warmes, leuchtendes. Wobei es eigentlich dort immer sehr viel regnet. Und windig ist. Wenn man Pech hat, beides. Die Chancen, zumindest äußerlich, stehen also eher schlecht. Stefan hat mir gestern kloßhalsig eröffnet, dass sein Projekt hier in drei Tagen abgeschlossen ist. Und er nicht länger bleiben kann, weil er praktisch im Anschluss direkt für das nächste Projekt gebucht ist.
„Nicht dein Ernst!" habe ich ihn angefaucht.

„Sophie, wenn du..."

„Moment mal," der Vulkan meldete sich zurück, „du erschleichst dir quasi meine Nähe, in dem du der Hausleitung dein schwachsinniges Malatelier aufs Auge drückst. Dann tust du alles, damit ich mich an dich erinnern kann. Und dann, wenn ich gerade anfange, mich in dich zu verlieben, verpisst du dich einfach?"

„Sag das nochmal." Stefan strahlte.

„Du ARSCHLOCH." brüllte ich.

„Ich meinte das mit dem Verlieben." Fast geflüstert.

„Weiß auch nicht." Ich überlege, ob das wirklich stimmt. Ich wollte es zumindest nicht sagen. Also nicht bewusst. Kam einfach so raus. Flupp.

„Ich hatte eigentlich gehofft, dass du mitkommst."

„Wohin?"

„Zu meinem nächsten Projekt."

„Was soll ich da? Deinen Pinsel halten?"

„Bei mir sein."

„Wer sagt, dass ich das will?"

„Keiner."

„Was soll das dann bringen?"

„Vielleicht nichts. Vielleicht viel."

Ich überlege kurz. Und etwas plöppt in mir auf. Etwas öffnet sich, wird weiter und lässt sich nicht zurück halten.

„Sophie, wir haben immer davon geträumt, mal Zeit für uns zu haben. Uns nicht zu verstecken. Mal kein Leben in festgesteckten Zeiträumen zu führen. From dings till bums. Keine Grenzen mehr zu haben. ES einfach leben können. So etwas wie einen Alltag zusammen zu haben. So schlimm das alles gerade für dich ist, es ist auch eine Chance, für uns. Komm mit. Bitte."

Stefan's Worte trafen mich mitten ins Herz. Brachten es zum Stolpern. Und machten mein Innerstes ganz weich. Fast so, als würde ich schmilzen.

„Ok," sagte ich.

„Ok was?" fragte Stefan vorsichtig.

„Ich komme mit."

Stefan fiel mir über die Mittelkonsole hinweg um den Hals. Ich ließ ihn fallen, also nicht im wörtlichen Sinne. Eher gefühlsmäßig. Sicher, dass das die richtige Entscheidung war, war ich nämlich gar nicht. Aber zumindest eine Entscheidung. Ich für mich. Ganz alleine.

„Aber das heißt nicht, dass du dann jeden Tag 8 Stunden weg bist, oder?"

„Nein, morgens bis nach dem Mittag. Dann habe ich frei. Also 19 Stunden pro Tag für uns, mal sieben, das macht dann: ganz schön viel."

„Und was ist das für ein Projekt?"

„Ich arbeite mit einer Gruppe handysüchtiger Jugendlicher."

„So was gibt es?"

„Ja, noch relativ neu, das Krankheitsbild. In unterschiedlichen Ausprägungen. Den meisten schlägt das auf die Psyche bis hin zur sozialen Isolation. Eine wenige haben körperliche Probleme."

„Entzündetes Daumengelenk?"

„Facebuckel. Oder progressive Sehstärkenreduktion."

„Alle schäl?"

„Quasi. Brille mit Glasbausteinen."

„Hübsch."

„Naja."

„Und wo?"

„Irland."

Ich schluckte.

„Im Cottage, wo ich wohne, ist noch ein Zimmer frei. Sogar mit Blick aufs Meer."

Na. Was für ein Zufall.

„Sind Humpert und Krienke-König zu sprechen?" frage ich den Geier, der mit offen stehendem Mund auf den Bildschirm hinter der Theke glotzt.

„Für?"

„Mich."

„Die kommen erst morgen wieder."

„Urlaub?"

„Nein, Fortbildung oder so was."

Fortbildung. Aha. Zusammen. Mmh. Nachtigall, ick hör dia trapsen. Ich vermute eher etwas in Richtung Klangschalenreise, Antiaggressionstraining, Paartherapie oder Typberatung.

„Könnte ich wohl einen Termin mit beiden bekommen? Morgen?"

„Moment... Kalender...wo ist der...ah, ich hab's... noch ist alles frei...direkt um 10?"

„Perfekt, danke."

Nummer eins erledigt. Nummer zwei klemmt frisch gewaschen, geföhnt und gekämmt unter meiner Achselhöhle. Ich würde den Zustand als immer noch zu schade zum Wegschmeißen bezeichnen.

„Sophie." Eine maximal gebräunte Marita steckt gerade mitten in einer Waschen-Fönen-Legen-Nummer und strahlt mein Spiegelbild an.

„Hallo, Marita."

„Lange nicht gesehen!"

„Stimmt. Warst du im Urlaub?"

„Ich? Nein, wie kommst du drauf?"

„Du siehst so…" Wie formuliere ich es nett. „…so erholt aus." Um ehrlich zu sein eher etwas braungelblich. Chinesenbraun.

„Ach das. Das ist aus der Tube."

Eine Ganzkörperspachtelmasse?

„Für 1,29. Selbstbräuner von dm. Urlaub kann ich mir nicht leisten. Ich habe noch eine ganz neue Tube in der Handtasche. Mal ausprobieren?"

Prüfender Blick in den Spiegel. Ich sehe in der Tat etwas blass aus. Und meine Haare sind auch aus der Fasson.

„Nö danke. Wollte den Fiffi nur kurz zurückbringen. Ich bin in zwei Tagen weg hier."

„Na das sind ja mal tolle Neuigkeiten." Dann flüstert sie. „Normalerweise kommt man hier nur horizontal wieder raus." Marita verzieht das Gesicht. Und zwinkert in Richtung ihrer Kundin.

Ein bisschen böse. Hätte ich gar nicht von ihr erwartet. Unverhofft kommt oft.

„Bei dir auch Waschenföhnenlegen?"

„Wenn du meinst, das hilft?" Ich fasse mir in meine großer-Zeh-langen Haare.

„Übergang ist immer Scheiße. Aber ich kann dir was zaubern, da hast du erst mal eine Weile Ruhe."

Was Marita mir gezaubert hat, erinnert eher an einen Tesaschnitt. Als ich noch ganz klein war und Ponyträgerin, hat meine Oma mir auch mal die Haare geschnitten. Weil sie der Meinung war, mein Pony wäre zu lang. Ich könne nix sehen und überhaupt. Es ist nicht so, dass sie keine Töpfe gehabt hätte. Pottschnitt wäre das kleinere Übel gewesen. Aus irgendeinem Grund war sie der Meinung, dass ginge auch präziser. Ratzfatz hatte ich quer über meinem überlangen Pony eine Streifen Tesa kleben. Nur noch drunter abschneiden. Tesa vorsichtig wieder abziehen. Fertig. So ähnlich sehe ich jetzt aus. Allerdings rundrum. Also wie Tesa einmal um den ganzen Kopf gewickelt. Hinten im Nacken raspelkurz. Wie bei einem Mann. Welcome back, Bernd!

„Du kannst das jetzt locker 6 Monate wachsen lassen. Hinten ist's dann automatisch gestuft und fällt locker."

Na denn. Gott sei Dank bin ich da nicht so empfindlich. Sie wird schon wissen, was sie tut.

Zurück in meinem Zimmer habe ich noch eine geniale Idee. Ich ziehe die Rollläden hoch und fange an zu packen. Maximal 3 Minuten später hämmert es an meiner Tür.

Bingo.

Klar, dass es für meine heimlichen Beobachter wie ein geplanter Fluchtversuch aussieht. Ich schmunzle innerlich. Ich hatte recht und leide nicht unter Verfolgungswahn. Ein frisch poliertes Fleischmützerl glänzt mir entgegen, als ich die Tür öffne. Frau K-K dahinter mit strengem, hohem Dutt, der irgendwie ihr Gesicht zu straffen scheint. Anscheinend ist der Gummi zu fest, oder die Haut zu schlaff, oder beides. O.k., bei einer Typberatung waren die beiden offensichtlich nicht.

„Dürfen wir reinkommen?" fragt Humpert.

Wortlos lasse ich die Tür aufschwingen. Beide stapfen an mir vorbei und setzen sich nebeneinander auf mein Bett. Komisch, die beiden hier zu haben. Ihre Schuhe drücken meinen Würmchenteppich platt. Die armen Würmchen.

„Sophie, was tun sie da?" fragt Frau K-K streng.

„Auf den Bus warten?"

„Wir glauben nicht, dass sie schon für diesen Schritt bereit sind."

„Ist mir klar, dass sie das nicht glauben. Ich nehme an, sie werden von meine Eltern entsprechend honoriert, damit sie das nicht glauben."

Betretendes Schweigen. Wieder Bingo.

„Wie weit reicht ihr Erinnerungsvermögen?" fragt Humpert.

„Weit genug."

„Das beantwortet die Frage nicht. Was ist ihre letzte Erinnerung vor dem Unfall?"

„Welche Rolle spielt das?"

„Wenn sie nach Hause kommen, ohne die entspre-
chenden Erinnerungen zu haben, kann das…"

„Ich gehe nicht nach Hause."

„Ach."

„Sondern?"

„Sagen wir…ich mache Urlaub."

„Ist ihre Familie über ihren Entschluss informiert?"

„Nö."

„Sophie, wir haben die Vereinbarung getroffen, ihre
Familie umgehend von Veränderungen in Kenntnis
zu setzen. Wir werden also nach dem Gespräch…"

„Ich sage Ihnen jetzt mal was: Ich werde in 2 Jahren
40. Ich lasse mir von niemandem vorschreiben, was
ich zu tun oder zu lassen habe. Ich gehe, wann immer
ich das will und für richtig halte. Also jetzt!"

Die beiden schauen sich irritiert an.

„Jetzt mal ehrlich: Welchen medizinischen oder psy-
chologischen Grund gibt es für mich, hier zu sein?
Sie glauben nicht wirklich, dass es eine positive Wirkung für mich hat, jeden Tag hier zwischen all diesen
dementen alten Leuten zu sein. Haben sie da keine
Sorge, das ich irgendwann durchdrehe, wenn ich
hier weiterhin eingesperrt bin? Es geht mir gut. Ich
habe nichts mehr vergessen. Ich habe meine Wut
unter Kontrolle. Ich muss jetzt einfach mal woanders
und alleine sein, wissen sie?"

„Auch das halte ich nicht für ratsam. Sie sind noch
nicht soweit, dass sie alleine…"

„O.k. das verstehe ich. Aber wenn sie es unbedingt
wissen wollen: ich habe weder vor, alleine zu verrei-

sen, noch lange weg zu bleiben. Lassen sie mich gehen, wenn ich verspreche, in einer Woche wieder hier zu sein und nicht alleine weg zu fahren?"

Glatzi und Dutti starren sich lange an. Keiner redet. Deswegen bin ich etwas verwundert, als Dutti sagt:

„Also gut, Herr Dr. Humpert und ich sind einverstanden, vorausgesetzt, sie nennen uns die Adresse, wo sie sich aufhalten und wer sie begleitet."

„Die Adresse kenne ich noch nicht. Aber sie können sich gerne direkt an den Kollegen Stefan wenden."

Dann fällt plötzlich Hinz und Kunz synchron die Kinnlade runter. Flatsch.

25. Kapitel

Als ich zwei Tage später in den Flieger steige, fühle ich mich frei und gut. Ich bin schon als Kind gerne geflogen. Fliegen bedeutet für mich Urlaub. Wasser. Strand. Luftmatratze. Wasser. Vor allem Wasser. Und gut gelaunte Eltern, die locker sind und ein Grinsen ins Gesicht getackert haben. Dauerstrahlen. Stefan strahlt auch. Von hinten. In meinen Nacken, als wir auf dem engen Gang stehen und warten, dass sich der hässliche Rotkopf endlich hinsetzt und wir zu unserem Platz können. Ich bin mir sicher, Stefan hat bis zum Schluss daran gezweifelt, dass ich wirklich mitkomme. Und ich ehrlich gesagt auch. Der Todesstoß für meine Zweifel war dann gestern meine Mutter, die ziemlich aufgelöst plötzlich in meinem Zimmer stand. Die Haare auf halb acht, das Outfit so, als hätte sie darin geschlafen. Sie wirkte zerknautscht, sogar ihre Strümpfe schlugen Falten. Optisch erinnerte sie mich ein bisschen an einen faltigen Hund mit einem treudoofen Blick. War sie krank?

„Ich kann nicht fassen, dass du uns das antust." Schnell rückt sie ihren Rock zurecht und fuhr sich mit ihren Kammfingern korrigierend durch die Haare. „Nach allem, was wir für dich getan haben."

„Moment mal, nach allem, was ihr für mich getan habt?" Ich spuckte schon, bevor der Vulkan überhaupt gebrodelt hatte. Vermutlich eine Spontaneruption. „Soweit ich mich erinnern kann, bist du heute zum zweiten Mal hier und hast dich in der ganzen

Zeit, in der ich hier war, sonst nicht blicken lassen."

„Sophie…Du weißt genau, wie sehr dein Vater und ich beruflich eingebunden sind und dass…"

„…es deswegen besser war, mich hier zu parken, damit ihr euch möglichst wenig um eure durchgedrehte Tochter kümmern müsst?"

„Sophie, vermutlich ist dir das nicht klar, aber wir wussten die ganze Zeit über deinen aktuellen Zustand Bescheid. Hätte das Team uns nur annähernd das Gefühl vermittelt, dass dies hier für deine…. aktuelle Verfassung nicht die beste Lösung ist, hätten wir…"

„Du meinst also, dass es das gleiche ist, jemanden per Kamera überwachen zu lassen und mit den Affen meine Behandlungsplan am Telefon zu besprechen, als hier zu sein, und die Person zu fragen, wie es ihr geht?"

Meine Mutter hüstelte nervös.

„Aber dir geht es doch gut. Sieh dich doch an! Als wir uns das letzte Mal sahen… die Haare, dein Gesicht…." Sie streichelte meinen Arm. „Du bist auf einem guten Weg."

„Ja, Mama, du hast recht. Ich bin auf einem guten Weg. Aber, ganz ehrlich, ich weiß noch nicht, wo mich der Weg am Ende hinführt. Und welche Personen am Ende des Weges stehen."

Alles ist offen. Ich erlaube mir, auf dieser Kreuzung meines Lebens zu stehen und aus mir heraus zu entscheiden, welchen Weg ich gehe. Bin ich eine schlechte Ehefrau? Ja. Bin ich eine schlechte Mutter?

Vermutlich auch. Fühle ich mich deswegen schlecht. Jain. Ja, weil es mein Verstand sagt und nein, weil ich es nicht fühle.

Als wir sitzen, nimmt Stefan meine Hand.

„O.k.?"

„O.k."

„Ich fliege nicht so gerne, weißt du?"

„Flugangst?"

„Ein bisschen vielleicht, seit der Ente im Triebwerk."

„Entengehacktes?"

„Vermutlich schon. Und Triebwerk abgeschaltet und Notlandung."

„Oh. Verstehe. Aber heute ist keine Entenflugsaison. Und rein statistisch gesehen bist du doch jetzt raus."

„Ich weiß. Ich bin trotzdem ruhiger, wenn du mich festhältst."

Es fühlt sich gut an. Seine in meiner. Seine Hand ist warm. Viel größer als meine. Viel poriger. Ein paar Reste von Farbe in den kleinen Linien an den Gelenken.

Irgendwie reden wir nicht viel. Zeit zum Klappe halten. Aber nicht seltsam oder peinlich oder nichts sagend. Keine Leere. Es ist eine angenehme Ruhe zwischen uns, die sich wohlig in meinem Bauch ausbreitet. Kurzer Blick auf Stefan. Er hat die Augen geschlossen und grinst vor sich hin.

Ich schaue aus dem kleinen Fenster. Es tut meinen Augen gut, weiter als bis zu einem Zaun gucken zu können, der sich irgendwo relativ unsichtbar befindet. Jetzt wechselnde Bilder. Erst die kleiner werdenden Häuser. Dann die Wolken. Zuckerwatte ohne Stiel. Dann das satte blau. Ich werde es nicht satt aus dem Fenster zu schauen. Die Sonne. Wärme. Wärme von außen trifft Wärme von innen. Vollständige Wärme. Dann irgendwann wieder Wolken. Dann vereinzelte, größer werdende Häuser. Die Zeit des Fliegens verging wie im Flug. Dann aussteigen, auschecken, einchecken, kleine Propellermaschine. Stefan, der Mühe hat, seine langen Beine in die Enge zu sortieren. Und dann die gleichen Bilder nochmal. Häuser, kleine Häuser, Wolken von oben, wir fliegen nicht so hoch, also keine Sonne, dann alles wieder größer. Rückwärtsbilder. Dann irgendwo im diesigen Norden von Irland. Niemandsland. Miniflughafen. Die Stewardess ist gleich die Frau vom Imbiss ist gleich die Frau am Gepäckband ist gleich die Frau vom Check-In. Alles geht schnell, keine Wartezeiten wegen irgendwas oder irgendwem. Wir stehen ratzfatz auf dem Parkplatz, auf dem der rote, japanische Wagen steht, den Stefan gemietet hat.

„Du willst fahren?" Stefan zwinkert mir zu, als ich sehe, dass dort, wo ich einsteigen will, dass Lenkrad ist. Linksverkehr, klar, hatte ich vergessen. Seltsam, auf der amputierten Fahrerseite zu sitzen. Alles fehlt. Wirkt wie unsichtbar. Wir rollen vorsichtig los. Souverän steuert Stefan den Wagen vom Parkplatz. Die Straße ist schmal, kurvig, wenn ein Auto kommt, fahren wir so weit links am Straßenrand, dass ich Sorge haben, wir glitschen da runter. Mein Gehirn hat leichte Probleme, mit dem Verkehrtrumen klar zu kommen. Gefühlt versuchen die Gehirnhälften ihre Plätze zu tauschen, damit das Außen wieder zum Innen passt. Das fühlt sich komisch unter dem Pony an. Eher nach Gehirnverknotung. Etwas schielend sauge ich die ersten Bilder auf. Niemand ist auf der Straße. Ein bisschen westernstadtmäßig. Die Häuser haben etwas amerikanisches. Freistehend. Eingeschossig. Gepflegter Vorgarten. Allerdings keine horizontale oder vertikale Ordnung. Eher durcheinandergewürfelt. Es gefällt mir trotzdem nicht. Es wirkt kulissenhaft. Nicht echt. Phantasialandstraße in Schlangenformation. Wir überholen ein paar übergewichtige Jugendliche mit Rucksack, die den Straßenrand entlang stampfen.

„Kundschaft." sagt Stefan.

„Deine?"

„Vermutlich. Erkennbar an der typischen Skoriliose."

„Wessen Hose?"

„Wirbelsäulenverknotung. Die werde ich morgen erstmal einen Berg hochschicken, damit der Rücken wieder gerade wird." Zwinkerzwinker. Witzbold.

Als ich mich umdrehe, sehe ich noch, wie der vorderste der Schlange einen Aufgehunfall verursacht, weil er plötzlich stehen bleibt, während der Rest der Schlange weiterhin auf die Displays der Handys starrt.

Wir verlassen den geteerten Weg und rumpeln über einen Schotterweg, der kaum breiter ist als der Reisschüssel-SUV. Kaum noch Häuser. Dafür einige Felsen, Ginster und For-Sale-Schilder von Grundstücken, die völlig unbebaubar aussehen. Dann durch ein Gatter eine bewieste Einfahrt hoch. Als wir die Zwergentür des Cottages hinter uns schließen wird mir plötzlich mulmig. Ich fühle mich das erste Mal völlig unbeobachtet. Was einerseits gut ist. Anderseits jegliche Grenzen sprengt. Ich bin hier jetzt eine Woche lang. Mit einem Mann, der nicht mein Mann ist. Was wird am Ende dieser Woche sein? Bin ich so grenzenlos, wie ich es gerne wäre oder gibt es Dinge, die ich nicht mit mir vereinbaren kann?

„Kaffee?" fragt Stefan.

„JAHA." sage ich viel zu laut, dankbar für diese Gedankenkarusellunterbrechung.

Stefan verschwindet irgendwo zwischen Treppen und Winkeln.   Das Haus ist klein. Besteht aus unterschiedlichen Anbauten. Wirkt aber nicht verbaut. Eher gemütlich. Und zwischengeschossig. Ein bisschen wie ein großes Gartenhaus mit einigen Addons. Stefan steht in der Mitte der ungefähr ein Quadratmeter großen Küche. Keine klassischen Einbauschränke, eher alles offen, es herrscht wildes Chaos. Staubig. Überall voll gepackte, leicht schiefe Regale. Tentakelmäßig greifen seine Arme alle möglichen Dosen, Behälter, Kartons, Wasserhähne ohne dass seine Füße sich bewegen müssen. Ich lehne im Türrahmen und beobachte ihn schmunzelig und etwas unschlüssig.

„Könntest du aus dem Schrank im Wohnzimmer die Tassen holen?"

Mache ich natürlich, dankbar etwas tun zu können

und nicht so fehlplatziert rumzustehen. In der Küche steht auf dem Arbeitsplättchen schon ein Tablett mit Zucker und Löffeln, zu denen ich die Tassen stellen will. Was natürlich bedeutet, mich zwischen Stefan und das Tablett quetschen zu müssen. Ist mir zu eng. Ich gehöre da nicht zwischen. Ich bewege mich in Zeitlupe, wartend auf einen möglichst körperkontaktfreien Moment. Stefan dreht sich kurz weg und ich hüpfe wie ein junges Reh hinein. Knalle die Tassen aufs Tablett, als Stefan mich von hinten derart hart anrempelt, dass ich mit dem Oberkörper brutal auf das Tablett knalle und alles scheppernd zu Boden fällt. Wir sind beintechnisch rittlings aneinandergepresst. Fühlt sich an wie bei Twister, ohne bunte Punkte. Vielleicht habe ich welche. Im Gesicht. Mir steigt die Röte ins Gesicht. Stefan bewegt sich nicht. Freeze. Als ich gerade noch überlege, wie ich aus dieser höchst eindeutigen, perversen Körperhaltung entkommen kann, höre ich Stefan's schweren Atmen. Eine Hand fährt meinen Rücken hoch. Landet in meinen Haaren. Packt zu. Zieht meinen Oberkörper ruckartig nach oben. Ich stöhne auf. Weil es etwas weh tut. Nichts erotisches oder so. Ich spüre Stefan's heißen Atem an meinem Ohr. Sein ganzer Körper zittert. Als seine Zunge langsam von meinem Ohrläppchen zu meinem Mund fährt, meldet sich mein Vulkan. Also der Bruder von dem der spuckt. Der Bruder macht nur warm. Glühwarm. Hitze durchströmt meinen Körper. Ich lasse seine Zunge tief in meinen Mund gleiten. Stromstoss. Zwei hungrige

Körper, die sich ineinander verlieren und zu einem werden.

Als wir uns endlich voneinander lösen, sehe ich, wie Tropfen die Fensterscheibe hinunterlaufen. Wie in einer finnischen Dampfsauna.

26. Kapitel

Als ich aufwache, bin ich im falschen Film. Also zumindest im falschen Zimmer. Wo sind meine Würmchen? Im Urlaub? Kurz weiß ich nicht, wo ich bin. Kleiner Filmriss. Dann wird mir schlecht. Kurz schmecke ich was, was an Fisch in Whiskeymarinade erinnert. Dann entscheiden sich beide, nicht bei mir bleiben zu wollen.

Tschüss ihr.

Ich kotze hochdruckreinigermäßig ohne aufzustehen direkt auf den Boden. Durch den harten Aufprall springt mich meine eigene Kotze wieder an.

Springkotze.

Wie ekelig.

Die Tür geht auf. Stefan.

Wie peinlich.

Ich versuche, mir Peinlichstes zu ersparen und presse verzweifelt die flache Hand vor den Mund.

Kotzestaudamm.

Dann Kotze in der Nase. Ich kriege keine Luft mehr, verschlucke mich und fange an zu husten. Boden tu dich auf. Stefan rennt quer durchs Zimmer, klopft mir mit einer Hand heftig auf den Rücken und streift mit der anderen meinen Pony nach hinten.

Wie nett.

Kotze ist aber schon drin, insofern überflüssig. Also nicht die Kotze, die ist nicht mehr flüssig, sondern minimal angetrocknet. Aber ich finde das nett. Also Stefan. Nicht die Bröckelfrisur.

Hicks.

„Alles raus?" fragt Stefan, als ich mich leergewürgt auf das Bett plumpsen lasse.

Ich rülpse.

„Einmal rülpsen heißt ja?"

Ich rülpse nochmal.

„Glas Wasser?"

Rülpsrülps.

„Ok." Stefan verlässt das Kotzerama und kommt mit Wasser im Eimer und Lappen zurück. Ich versuche aufzustehen.

„Bleib liegen. Ich mache das schon."

Unter Würgegeräuschen wischt Stefan das Gröbste weg. Der Arme. Ich an seiner Stelle würde vor lauter Ekel gleich nochmal drüberkotzen. Stefan ist hart im nehmen. Ich finde das irgendwie niedlich. Soweit ich mich erinnern kann, hat noch nie jemand meine Kotze aufgewischt.

Irgendwie ekligschön.

„Baden?"

Ich bin anscheinend auch leergerülpst und nicke daher. Als ich versuche aufzustehen, wird mir ganz schwindelig. Kopf hämmert auch. Der Tag wär schon mal im Arsch. Toll gemacht, Sophie. Und ich kann mich nicht mal dran erinnern, ob es schön war. Der erste Abend in Freiheit.

In Irland.

Mit Stefan.

Wo waren wir gleich? Erstmal Fish and Chips essen. In einer Hafenspelunke. Also ich ohne Chips, vermutlich ein Fehler, weil so nichts da ist, um das ganze Fett aufzusaugen. Die Portion war riesig. Deswegen nur den Fish. Leave him Chipsless. Mich dafür jetzt breathless.

Danach ein Whiskey.

Ekligtorfig.

Schüttelwhiskey. Also keinen, den man Schütteln muss, sondern der einen schüttelt. Schon beim Geruch einatmen schüttelt es einen.

„Willst du den mal probieren? Vielleicht ist der besser." Stefan hatte an der Theke auf eine andere Flasche gezeigt. Ohtentohtenhartmut.

Oder so ähnlich. Auch fies.

Dann der dritte. Red Breast. 12 Jahre alt.

Red Breast auch links neben mir an der Theke und nicht nur die Breast Red, sondern der Reast auch. Klassischer Ire. Ganzkörperröte. Und deutlich älter als 12. Steve.

„Cheerio, Miss Sophie." lallte er in meine Richtung. Ab dann waren wir Freunde. Details nach dem dritten Whiskey habe ich vermutlich eben ausgekotzt.

Stefan weggewischt.

Alles weg.

Meine Beine schlackern, als ich versuche zu stehen. Sind noch whiskeygeschüttelt. Ich versuche mich aufs Stillhalten zu konzentrieren, als Stefan mich hochhebt und brautmäßig über die Schwelle trägt.

„Was wird das?"

„Badetaxi."

Wie ein kleines Kind zieht Stefan mich dann in einem alten, schrabbeligen Badezimmer aus. Hebt mich anschließend vorsichtig in die kleine Wanne. Ich bin eine Marionette ohne Fäden. Und mir ist kalt. Zitteraal. Iiiih, bloß nicht an Fisch denken!

„Erstmal Fischreste abspülen." Schon läuft mir heißes Wasser über den Rücken. Stefan stülpt sich einen Waschhandschuh über. Dann wird der Rücken geschrubbt. Weiß nicht warum. Habe nicht nach hinten gekotzt. Tut aber trotzdem gut. Genau die richtige Mischung aus hart und sanft. Ich lasse alles geschehen. Es fühlt sich gut an. Heißes Wasser umgibt mich. Steigt langsam höher. Wärmt mich. Ich gleite in die Wanne und schließe die Augen. Wann war ich das letzte Mal dermaßen verkatert?

Als ich irgendwann die Augen wieder öffne, sitzt Stefan strahlend am Wannenrand. Bisschen perversliebevollerfreut. Dann fällt mir ein, ich bin ja nackt.

„Hast du dir einen gewedelt?"

„???"

„Du grinst so komisch."

„Alles frisch poliert."

„Sag ich doch."

„Dein Zimmer. Nicht meine Palme." Stefan zwinkert.

„???"

„Gewischt, Bett abgezogen, gelüftet. Du kannst jetzt deinen Kater pflegen. Ich muss arbeiten. Wenn was ist, schick Rauchzeichen."

„Hab aufgehört zu rauchen."

„Dann eine Brieftaube. Oder meinst du, du kommst bis heute Nachmittag alleine zurecht? Null Handyempfang hier."

„Denke schon. Aber deine arme Kundschaft… die kommen doch gar nicht klar ohne Empfang."

„Genau deswegen sind wir hier. Das Handy ist hier völlig sinnlos."

„Kalter Entzug, oder?"

„Quasi. Aber das schlimmere kommt noch."

„???"

„Als erstes müssen die ihr Handy begraben."

„Nicht dein Ernst."

„Doch. Und vorher müssen die kleine Särge bauen."

„Jesus."

„Genau. Am siebten Tage dann die Auferstehung. Und wenn ich meinen Job gut gemacht habe, sind die Patienten geheilt, freuen sich über die Wiederkehr und pflegen anschließend einen sinnvollen Umgang mit ihren Smartphones."

„Na dann."

„Und falls du gleich Hunger haben solltest, kannst du gerne rüber zum Leichenschmaus kommen."

Und damit verdient man Geld? Kaum vorstellbar. Abgesehen davon gibt es schlimmere Arbeitsplätze als hier in Irland. Apropos Handy. Wo ist eigentlich meins? Ich habe vergessen, wohin ich es gepackt habe. Begraben im Kopf.

27. Kapitel

Meinen Kater nenne ich Jens. Auf dem Kopf habe ich auch einen. Keinen Kater. Einen Jens. Das ist nicht sowas wie einer kleiner Mann im Ohr. Sondern eine Haarverfilzung. Etwas das aussieht, wie eine Art Nest. Manchmal Brutstätte für komische Gedanken. Im Bad gab es keine Spülung. Auskämmen geht nicht. So liege ich nun mit meinen beiden Jensen im Bett und warte darauf, dass die Schmerztablette endlich wirkt.

Es ist unendlich ruhig hier. Ab und zu hört man den Wind um das Cottage pfeifen. Das ist schon alles. Noch genieße ich die Ruhe. Wegen Jens Nummer 1. Dem gefällt es so. Ich weiß aber, dass mir die Ruhe irgendwann zu laut werden wird.

Einige Gedanken landen in Jens Nr. 2. Ich bin hier um nach Spuren zu suchen. Ich hoffe immer noch, dass ich mich irgendwann an alles wieder erinnern kann. Liegt hier der Grundstein zu meinem Unglück? Oder vielmehr das meiner Familie? Und unterm Strich der Grundstein meines Glücks? Was ist es? Was war es? Was kann es sein? Was will ich? Wer war ich? Wer bin ich jetzt? Und wie passt das alles zusammen? Ich weiß, dass es die richtige Entscheidung war, hierhin mitzukommen. Wohin sonst hätte ich auch gehen sollen. Wurzellos, wie ich bin. Es ist gut so. Ich fühle dass nicht, aber ich weiß es. Ich fühle nicht viel im Moment. Ich fühle mich weder gut noch schlecht. Vielleicht ein bisschen neutral. Der ganzen Sache gegenüber. Bin eher beobachtend, was mit mir passiert. Ich werte das nicht, ich nehme das so hin. Es ist was es ist. Am Ende wird alles gut.

Gegen Mittag ist Jens Nr. 1 weg. Jens Nr. 2 habe ich unter Stefan's Haarmütze versteckt, die ich Gott sei Dank im Wohnzimmer gefunden habe. Und als ich nach draußen trete, bin ich froh, dass der Sonnenschutz offensichtlich auch windfest ist. Ich spüre, wie die Filzstängel sich grasmäßig im Wind bewegen. Auch der müffelnde Windbreaker, der neben meinem Bett lag, tut seinen Dienst. Und der Müff wird weggeweht. Passt.

Ich weiß eigentlich gar nicht, wo genau ich hin will. Erstmal raus, frische irische Luft schnappen.

Ich atme tief ein. Schnapp. Jetzt vielleicht zum Wasser. Wo aber ist Wasser. Nieohneseifewaschen. Alle Himmelsrichtungen sind wasserlos. Sehen tue ich es erstmal nicht. Zu hören ist auch nichts. Ich marschiere also blindlings drauf los. Erstmal der Nase lang. Notfalls frage ich jemanden, der vorbei kommt.

Eine halbe Stunde später laufe ich immer noch. Niemand ist mir begegnet. Wie eine Geisterstadt ohne Stadt. Nur die vereinzelten, freistehenden Häuser auf dem leicht hügeligen Torfland. Der Wind nervt langsam. Falls irgendwo das Meer rauschen sollte, würde der Wind es verschlucken. Ich habe die Straße verlassen und stehe am Rand von etwas, dass nach schimmeligen Dünen aussieht. Oder Nebenhöhlenentzündung. Alles grün. Grün ist die Hoffnung. In der Nase natürlich nicht. Und wo Dünen sind, ist doch auch irgendwann Wasser. Weiter geht's. Der Marsch ist anstrengend. Rauf und runter. Ab und zu ein paar Sandflecken, die ich durchquere. Böschungen. Schmale Pfade. Man muss genau gucken, wo man hintritt. Ich laufe ewig. Bin aus der Puste. Bleibe irgendwann stehen. War ich nicht schon mal hier? Bin ich im Kreis gelaufen? Alles sieht so schrecklich gleichgrün aus. Ich fange an, mich zu drehen. Etwas zu suchen, was ich wieder erkenne. Ich erinnere mich an nichts. Es gibt keine besonderen Bäume, Häuser oder etwas anderes Markantes. Nur Gras, Gräser, Gras und wieder Gräser. Ich drehe mich schneller. Mir wird schwindelig. Meine Atem beschleunigt sich. Dann weiß ich es. Ich war schon mal hier. Im Traum. Als Lulu an meinem Bett saß. Oder hatte ich den Traum, weil ich mich im Traum daran erinnert habe, dass ich vorher schon mal hier war? Traumdéjàvu? Wer war zuerst da. Das Huhn oder das Ei. Oder bilde ich mir das nur ein? Und wenn ich schon mal hier war, warum? Was ist hier passiert. Plötzlich packt mich eine diffuse Angst. Ich fange an zu rennen. Stolper immer wieder. Falle hin. Stehe auf. Renne weiter. Stolper wieder. Es fühlt sich an, als würde ich vor etwas wegrennen. Ich drehe mich im Laufen um. Schaue immer wieder hinter mich. Aber außer Wind ist nichts hinter mir her. Wer rennt also vor was genau weg? Als ich schließlich kurz vorm Zusammenbrechen durch zwei eng stehende Grashügel renne, höre ich es. Rauschen. Dahinter muss es sein. Mit letzter Kraft sprinte ich die

212

letzten Meter und falle mit dem Gesicht zuerst auf den Strand. Als ich mein paniertes Gesicht hebe, macht mein Herz einen Hüpfer. In etwa 50 Metern Entfernung ist es. Niemand außer mir ist hier. Perfekt. Ich reiße mir alle Klamotten vom Körper. Renne wieder. Den Schmerz merke ich erst, nachdem ich komplett untergetaucht bin. Das Wasser ist so kalt, dass es auf der Haut weh tut. Und doch fühle ich mich so gut, wie seit langer Zeit nicht mehr, als ich mich von den Wellen tragen lasse. Brennende Tränen laufen über meine Wangen. Wieso weine ich, als ich das Gefühl habe, glücklich zu sein?

28. Kapitel

Als ich fast starr vor Kälte wie ein Robotermädchen aus dem Wasser stakse, sind meine Klamotten weg. Na toll. Nur der Sonnenwindschutz liegt noch da. Immerhin. Schön warm am Kopf. Ich werfe mich erstmal in den losen Sand und wälze mich wildschweinmäßig.

Schnitzelich.

Die Panade wärmt zwar nicht, wie ich enttäuscht feststelle, allerdings hat es etwas von Bodypainting und ich fühle mich nicht mehr ganz so nackt. Weit kann der Idiot mit meinen Klamotten noch nicht sein. Kurz überlege ich, ob ich aus den Gräsern ein Kleid knüpfen soll, entscheide mich dann aber doch, das Arschloch zu suchen, weil es vermutlich schneller geht. Genau die richtige Entscheidung. Als ich am Ende des Weges, der durch die Grashügel führt, ankomme, liegen da zwei Haufen. Ein kleinerer, der aus meinen Klamotten besteht. Und ein wesentlich größerer aus ein paar wild durcheinander gewürfelten Personen. Nur die Beine und Füße gucken raus. Was zur Hölle machen die da?

Menschenmikado?

Keiner bewegt sich. Ich nutze die Gelegenheit der gesichtslosen Ganzkörperverknoteten, um mich unbemerkt wieder anzuziehen. Dann warte ich erstmal.

Ein Fuß zuckt.

Dann spricht es. Aber nicht Irisch. Auch nicht Englisch. Sondern: „Ey, du Spongebob, tu besser dein

214

Knie aus meinem Bauch, sonst muss ich furzen."

Einer grunzt.

Dann müffelt's.

„Pfui, Leute, ist nicht euer Ernst."

Unter fast synchronen Bah-Rufen purzelt der Haufen auseinander. Dann bemerkt man mich und der Haufen formiert sich pinguinmäßig um etwas im Gras, das ich nicht sehen kann.

„Oh...hi." sagt ein eigentlich ganz hübsches Mädchen, wären da nicht etwa 100 Kilo zu viel auf der Hüfte. Und drumherum. Und überhaupt. Fatsuit halt. Außer am Kopf. Der ist nahezu fatless. Kopf passt formattechnisch nicht. Sieht aus wie auf den falschen Körper aufgeschraubt. Dann wird's rot. Im Gesicht. Fleckigrot. Und Verlegenheitsgrinsen. Und Maschendrahtzaun in der Fresse. Oder wie das heißt. Auch das noch. Armes Ding.

„Ihr fandet das also lustig, ja?" frage ich breitbeinig.

„Wir wollten ihre Sachen nicht klauen, ehrlich nicht." sagt die Rotgefleckte und versucht einen Hundeblick.

„Ach ja?" frage ich überflüssigerweise, denn jeder der fünf Jugendlichen hat multiples XL.

„Aber dann hat's geklingelt, da konnten wir nicht anders..."

„Geklingelt...aha...bei mir klingelt es gleich auch, wenn ihr euch nicht sofort bei mir entschuldigt."

„Sie haben noch eins?"

Klingt so eine Entschuldigung? Respektloser Haufen. Die Truppe wird etwas hibbelig. Nervös würde ich sagen.

Dann klingelt wirklich was. Aus der Mitte. Nicht aus meiner, sondern aus dem menschlichen Stonehenge. Ein Handy.

Also mit M. Nicht Mandy. Sondern Mein Handy. I will Survive Klingelton. Jemand ruft an. Und dann fällt's mir wie Schuppen aus den Augen. Das ist Stefan's Truppe. Hätte ich doch gleich drauf kommen können. Und die hat mein Handy entführt, mit meinen Klamotten dran. Ich sehe, dass es allen unter den Nägeln juckt und niemand sich traut, das Handy, das im Gras liegt, anzufassen. Dann zuckt einer und alle stürzen wieder zu einem Haufen zusammen.

Dann Wortsalat.

„Ich hab's."

„Denkste."

„Autsch."

„Meins."

„I will survive." singt Gloria Gaynor dazwischen.

„Guck mal da."

„Was?"

„Ha…Pech gehabt."

„Idiot."

Dann lautes und vermutlich spucketröpfenfliegendes „Pssst!"

„Hallo?…Nein, nicht du….Moment!…Für sie." spricht ein Haufenstück. Eine Hand mit dem Handy taucht plötzlich aus dem Haufen auf. Stefan steht auf dem Display.

„Stefan!" lese ich laut. Dann gehe ich dran.

216

„Hi hier ist Stefan." sagt er.

Jetzt sind es schon drei.

Stefans.

Omnipräsenz.

Der eine ziemlich außer Atem, in mein Ohr schnaufend.

„Wo bist du?" frage ich.

„Im Arsch. Die Truppe ist weg."

„Alles gut. Schieb dich im Arsch hier rüber. Hab sie."

„Alle?"

„Noch. Glaube ich. 10 Beine und 10 Arme, kommt das hin?"

„Also fünf?"

„Also fünf."

„Wo?"

„Hinter den grünen Hügeln. Bei den sieben Zwergen. Eigentlich keine Ahnung."

„Was siehst du?"

„Einen Haufen."

„Vom Hund?"

„Aus deiner Truppe."

„Hä?"

„Weiß auch nicht, die verknoten sich ständig ineinander. Vielleicht ist denen kalt. Wegen dem ganzen Wind."

„Ach so. Und um den Haufen drumherum?"

„Hügel und grün."

„Strand?"

„Jain."

„Ich soll schreien?"

„Nein."

„Prost."

„Nein, Stefan, kein Wein." schreie ich.

„Wieso schreist du so?"

„Weil du nur Bahnhof verstehst."

„Du stehst am Bahnhof? Hier gibt es keinen."

„Kannst du vielleicht mal aus dem Wind rausgehen?"

„Ach so…warte…"

Es raschelt.

„Jetzt besser?"

„Glaub schon."

„Also welcher Strand?"

„Einer mit Wasser am Ende?"

„Sophie, so finde ich euch nicht. Irgendetwas Auffälliges gesehen?"

„Nur die Hügel und dann der Strand."

„Direkt dahinter?"

„Ja."

„Warte, dann weiß ich, wo du bist. Ich komme."

Sabbernd steht die Truppe vor mir. Deeskalierend stopfe ich mein Handy in die Hosentasche. Synchron wird spürbar entspannt ausgeatmet.

Dann passiert, was ich befürchtet habe. Fetti 1 nickt Maulwurf 1 zu, der Maulwurf 2 zunickt, der Maschendrahtzaunmädchen 1 zuzwinkert, die Fetti 2 anlächelt. Dann Beine in die Hand, dann losgerannt. Fluchtversuch.

Scheiße.

Ich bin überrascht, wie schnell sich Fett und Kurzsichtigkeit bewegen lassen, insbesondere dann, wenn beides zutrifft. Und noch unter erschwerten Bedingungen durch losen Sand, Hügel und Co.. Wo ein Wille ist, stört auch kein Fett. Oder sonstiges.

„Hey, ihr, bleibt sofort stehen." rufe ich gegen den Wind, der mir meine eigenen Worte um die Ohren pfeift. Also renne ich denen hinterher. Etwas Restsand wird mir durch meine Klamotten peelingartig über die Haut geschmirgelt. Mist, wie das brennt. Egal, ich muss die Flüchtigen aufhalten. Egal, wie. Wie eine Gazelle sprinte ich denen hinterher und habe plötzlich ein bisschen Angst davor, was passieren könnte, wenn ich die Truppe tatsächlich einhole. Was durchaus realistisch ist. Bringen 500 Kilo auf 60 Kilo gestapelt einen um? Vermutlich nimmt die Truppe keine Rücksicht darauf, dass an dem Handy noch ein Mensch dran ist. Abrupt bleibe ich stehen. Wo steckt Stefan denn eigentlich? Weit und breit nichts zu sehen. Ich zücke mein Handy. Dann passiert etwas. Der Fetthaufen macht kehrt. Scheiße. Der Haufen rennt auf mich zu. Jetzt bin ich die Gejagte. Mir gelingt es gerade noch, auf Wahlwiederholung zu drücken, als ich gegen Stefan pralle. Wo kommt der jetzt her?

„Pack dein Handy weg, schnell." sagt Stefan.

Was ich auch sogleich tue. Was die Truppe dazu veranlasst, sofort stehen zu bleiben. 180 Grad Drehung. Dann wegrennen. Dann Handy zücken. Wieder 180 Grad Drehung. Stefan packt meine Hand ohne Handy und zieht mich Richtung Strand. In sicherer Entfernung hinter uns die Truppe, die langsam näher kommt. Ich das Handy überm Kopf, so wie eine Reiseleiterin das mit einem Schirm macht. So rennen wir eine Weile den Strand entlang, bis wir schließlich auf einer Klippe ankommen. Mit einem Cottage drauf. Mit einem riesigen Wintergarten. Stefan zieht mich durch die Glastür vom Wintergarten. Ich falle auf ein stinkiges, altes Sofa. Schnappe erstmal nach Luft. Aus dem Wohnzimmer ertönt plötzlich eine bekannte Frauenstimme:

„First I was afraid, I was petrified…"

Dann Stefan: „Stell dein Handy auf lautlos und versteck es."

„Was soll…?"

„Mach jetzt, schnell."

Mache ich. Dann steht auch schon die Truppe vor der Glastür und verstopft erstmal den Eingang. Menschlicher Korken. Offensichtlich will jeder zuerst rein. Stefan dann mit knappen 2 Metern und voller Wucht dagegen. Bulldozer. Funktioniert. Dominoeffekt. Einer nach dem anderen verliert den Halt. Wieder Haufen.

„I will survive." Refrain. Der Haufen bebt. Wie ein Vulkan kurz vor dem Ausbruch. Dann verstehe ich was das soll. Stefan rettet mir vermutlich gerade das Leben.

Ablenkungsmanöver.

Und ich in der ersten Reihe. Die Dicke mit dem Schrumpfkopf ist zuerst im Wintergarten. Rennt weiter in den angrenzenden Raum. Kommt wieder. Hebt den Kopf in Luft. Was macht sie jetzt?

Schnüffeln?

Nasale Handyortung?

Dann der nächste und der nächste und so weiter. Wild wird durcheinander gerannt. Als alle drin sind, verschließt Stefan die Tür vom Wintergarten und lässt sich neben mich aufs Sofa plumpsen.

„Geschafft!" sagt Stefan selbstzufrieden.

„Findest du?"

„Erstmal schon. Leichenschmaus ist fertig."

„Ach das meintest du."

„Was denn sonst?"

„Ich dachte, du meintest mit denen." Ich zeige auf die Fettschleuder.

„Kleine Brötchen backen."

„Ich glaube, die essen lieber große."

„Meinte das bildlich. Die Handys sind begraben, jetzt geht es weiter."

„Die soll auch ihr Handy begraben!" ruft einer der Maulwürfe.

Die Truppe bleibt stehen.

„Genau." tönt es synchron. „Ist sonst unfair."

„So, Leute, jetzt beruhigt euch erstmal. DIE heißt im übrigen Sophie und ist…meine Freundin…"

Es ist komisch, dass aus Stefan's Mund zu hören. Aber irgendwie gut.

Freundin.

Ja, das bin wohl.

„Sie gehört also nicht zu euch als Therapie-Gruppe, sondern zu mir."

Auch das hört sich schön an.

„Und daher gilt die gleiche Handy-Regel für sie wie für mich. Wir benutzen es in der Zeit hier nicht, haben es aber immer dabei, damit wir erreichbar sind. Alle einverstanden?"

Truppe wechselt fragende Blicke. Dann nicken alle. Ich auch. Weil eigentlich ruft mich ja eh niemand außer Stefan an. Und der ist ja da. Also brauche ich es eigentlich nicht. Dann fällt mir wieder ein, dass es voll ist von Nachrichten. Zwischen Stefan und mir. Ich habe das die letzten Tage ignoriert. Dieser Weg in meine Vergangenheit. Ich kann alles nachlesen. Alles ist da. Und wieso habe ich das bis jetzt nicht gemacht. Mehr noch: Sogar vergessen? Plötzlich fühlt es sich falsch an, die Nachrichten zu haben. Es ist nicht fair. Meiner Familie gegenüber. Egal, was ich dort lese. Es wird mich vielleicht in eine Richtung lenken. Nämlich in Stefan's. Meine Familie hätte vermutlich keine Chance. Wie denn auch. Sind sind nicht hier. Auch nicht in meinem Kopf. Und auch nicht im Herz.

War es vielleicht ein Fehler, hierhin zu kommen?

„Wisst ihr was," sage ich deswegen, „ich möchte das Handy auch begraben."

Stefan schaut mich fragend an. Die Truppe jubelt.

29. Kapitel

Mein persönlicher Ground Zero.
Es ist alles zusammengefallen. Über mir ein luftgefüllter Raum. Nichts mehr da. Dort, wo einmal zwei Türme standen. Die Säulen der Erde. Meiner Erde. Meiner Welt. Die eine Stefan. Die Größere von beiden. Und dann die kleinere. Wirkte etwas mickrig. Arschlochich. Was fällt mir ein, Tim als mickrig zu bezeichnen? Innerer Rückblick.
Soweit ich mich erinnern kann, war er im Elisabeth-Haus gefühlt ständig an meiner Seite. Wie drangetackert. Ein Kümmerer. Kein Verkümmerter. Er hat mich zwar genervt, aus welchem Grund auch immer, aber er war da. Während Stefan sich eher rar gemacht hat. Sich quasi versteckt hat. Nicht zu erkennen gegeben hat. Vielleicht Taktik. Die meisten Menschen sind so. Taktiker. Noch immer weiß ich nicht alles, was an dem Abend des Unfalls passiert ist. Vielleicht wollte ich ihn verlassen. Er war gekränkt. Verletzt. Natürlich. Und er wollte sehen, ob ich mich als Amnestierte erneut in ihn verliebe. Hat ja geklappt. Glaube ich zumindest. Oder so.
„Das ist das Blödeste, was du machen konntest." hatte Stefan zu mir gesagt, als wir neben den sechs Maulwurfshügeln standen.
„Findest du?"
„Du kannst davon ausgehen, dass es jetzt ruiniert ist, so ganz ohne Sarg."
In einer Übersprungshandlung hatte ich, angefeuert

von der Truppe, mit bloßen Händen einen ellenbo-
gentiefes Loch gegraben. Handy reingeworfen.
Plumps. Dann schnell den ganzen Modder wieder
drauf.

„Der Torf ist tödlich für die Elektronik. Und da du
keine Cloud hast, ist wohl alles unwiderruflich gelöscht."

„Mir klaut keiner mehr das Handy."

„Eine Cloud ist was anderes."

„Ja, die die klaut ist die Cloud."

„Egal...ich find's Scheiße."

„Ja, das ist mir schon klar, Stefan." ich, barsch, nicht
der Fisch, im Ton. „Ich habe deinen Plan durchschaut."

„Ich darf dich dran erinnern, dass es deine Entscheidung war, mit mir hierhin zu kommen."

„Ja, stimmt. Aber du hast insgeheim gehofft, dass ich
dir verfalle, nachdem ich den ganzen Sülzkram oder
was auch immer in meinem Handy gelesen habe."

„Ich hatte gehofft, ja." sagte Stefan. „Dass du dich an
unser ES erinnerst."

„Eseseses... hör mir auf mit diesem Scheiß. Dieses
ES ist tot."

Stefan starrte mich an. Dann, ziemlich niedergeschlagen:

„Du hast ES mit dem Handy begraben..."

Weiß nicht, ob das eine Frage war.

„Du hättest wenigstens versuchen können, ES wie-
derzubeleben."

„Mit Mund-zu-Mundbeatmung?"

Stefan zog mich ruckartig zu sich ran und presste seine Lippen auf meine. Ich stieß ihn so heftig weg, dass er vom Stinkesofa purzelte.

„Du Arschloch."

„Ich dachte du meintest…"

„Nein, meinte ich nicht. Ich kann nicht etwas wieder zum Leben erwecken, was ausschließlich in deinem Kopf ist. Versteh das doch endlich."

Stefan nickte traurig.

„Und weißt du was, bevor ich blöd oder unfair oder irgendwas dir gegenüber werde, sollte ich besser eine Weile alleine sein."

„Bist du doch. Jeden Tag von 9 bis 1 oder 2 hast du doch frei."

„Ich meine ganz."

„Wessen Gans?"

„Stefan lass das, ich meine es ernst."

„Eine Gans namens Ernst?"

Meine Augen sprühten Funken.

„Sorry." Stefan's Kopf baumelte auf seinen Schultern. Die pure Verzweiflung sprach aus ihm. Dann holte er sehr tief Luft.

„Wenn es dir hilft, kann ich auch zur Truppe ziehen. Da ist noch ein Zimmer frei. So könntest du das Cottage für dich alleine haben. Nimm dir die Zeit, die du brauchst. Ich komme schon klar."

Ich nickte stumm und dankbar und ein bisschen weichknieig.

Dann stand er auf.

„Falls du noch was essen möchtest…" Stefan deutete

Richtung der Truppe.

Ich schüttelte den Kopf.

„Dann komme ich wohl nach Feierabend im Cottage vorbei und hole meine Sachen, o.k.?"

„O.k." sagte ich sehr leise, fast flüsternd, weil mir irgendwas die Kehle zuschnürte.

Jetzt sitze ich hier seit 2 Stunden die sich nach 10 Stunden anfühlen. Stefan ist jetzt erstmal weg. Also nicht richtig. Irgendwie ist irgendwas in den Räumen zurückgeblieben, was ich nicht beschreiben kann. Das Handy ist auch weg. Das in echt und vermutlich auch kaputt. Keine Chance auf Wiederbelebung. Es war meine Entscheidung und die war gut.

Also gut.

Gut.

Gu.

G.

.

Was mache ich jetzt?

Ich könnte meinen Koffer ausräumen. Das ist doch g-g-g-g-gut. Äußere Ordnung stellt innere Ordnung wieder her. Wobei ich mich nicht durcheinander oder so fühle. Aber schaden kann es auch nicht. Nach 10 Minuten bin ich fertig. Als letztes lege ich das schwarze Notizbuch auf den Nachttisch neben meinem Bett. Da liegt es ungefähr 10 Sekunden. Dann mache ich 10 Schritte zurück, drehe mich 10 Mal im Kreis, mache wieder 10 Schritte nach vorne und klemme es mir unter den Arm. 10 Mal. Dann tut meine Achsel weh und ich gehe ins Wohnzimmer. Logischerweise sollte es jetzt 10 nach 10 sein. Vermutlich ist es viel später. Meine Suche nach einer Uhr bleibt erfolglos. Dann bin ich jetzt auch noch zeitlos. Handylos. Hirnlos. Mannlos. Kinderlos.

Ich setze mich in den Schaukelstuhl, der in der Ecke des Raumes liegt. Schaukel ein bisschen. Dann wird mir schlecht. Schaukeln ist nichts für mich. Ich klemme das Notizbuch als Schaukelstopp unter das gebogene Holz. Passt.

Neben dem Schaukelstuhl steht eine ovaler Schrank, der verschlossen ist. Glücklicherweise hängt ein Schlüssel an einem Haken an der Wand der passt. Als ich den Sesam (wieso eigentlich Sesam?) öffne, steht da eine kleine Armee aus Whiskeyflaschen. Große und kleine. Bauchige und Schlanke. Mit unterschiedlichen Füllständen. Ich angle mir die vollste Flasche und schnuppere dran. Torf las nach. Kein Bier vor vier. Kein Wein vor ein. Und Whiskey? Ist eh egal, also nehme ich einen kleinen Schluck. Ich probiere etwa 10 Flaschen, bis ich endlich einen gefunden habe, der mir schmeckt. Dann schaukelt der Stuhl plötzlich von alleine. Was mich wundert, weil das Notizbuch noch dort ist, wo ich es hingesteckt habe. Dann kann ich es ja auch wegnehmen. Als ich es aufklappe, steht da der Text, den ich mal nachts geschrieben habe. Der von dem Karussell-Traum in den Hügeln. Danach die rausgerissenen Seiten, mit denen ich mich von Familie und Freunden verabschiedet habe. Dann nehme ich einen Stift, dann einen Schluck Whiskey, dann setze ich die Spitze vom Stift dorthin, wo ich aufgehört habe zu schreiben. Dann noch ein Schluck. Dann warte ich, dass der Stift sich intuitiv bewegt. Schaukelt. Schwingt. Stattdessen bewegt sich nur mein Nacken. Dann bewegt sich der Stift wie von Geisterhand und rutscht krakelnd über das Papier, während der Schaukelstuhl im Takt des Stiftes dezent mitschwingt.

30. Kapitel

Ich habe mich noch nie in einer solchen Finsterheit bewegt. Ich bin völlig orientierungslos. Die kleine Lampe an meinem Handy bringt quasi gar nichts. Ich überlege, ob ich Stefan anrufen soll. Ich bin mir immer noch nicht sicher, ob ich das hier kann. Gleichzeitig der Reiz des Verbotenen. Ich weiß, Stefan wartet am Ende des Weges auf mich. Ich weiß, worauf es hinauslaufen wird, wenn wir uns jetzt sehen. Es ist absehbar. Vorhersehbar. Unvermeidbar. Ich sehne mich danach. Bisher konnte ich es nicht. Stefan auch nicht. Ich weiß nicht, wie es bei ihm ist. Aber ich habe Angst vor der körperlichen Nähe. Es ist meine letzte Schranke. Wenn ich die öffne, weiß ich nicht, was mit mir passiert. Bin ich dann verloren? Kann ich dann nicht mehr zurück? Oder ist es das größte Glück, die größte Erfüllung, die ein Mensch je erfahren kann? Vereinigung von allem mit allem. Wir passen einfach zu gut…

Mein Verstand zwingt mich zum Stehenbleiben. Bin ich eigentlich bescheuert? Wie alt zur Hölle bin ich? 17? Die Antwort lautet nein. Aber ich benehme mich gerade so. Und wenn schon. Was ist so schlimm daran. Muss doch niemand erfahren. Was in Irland ist bleibt in Irland.

Und was wenn nicht. Was, wenn es das ist, wonach es sich anfühlt. Etwas, das ganz groß werden kann. Größer als das, was ich habe und je hatte?

Ich erinnere mich an einen Abend mit meinen Mädels vor ein paar Jahren. Wir waren in einem Wellnesshotel in der Eifel. Die Tante meiner Freundin hatte sich verliebt und ihren Mann verlassen. Die Tochter war 14.

„Das arme Mädchen." hatte ich in die Runde geschmissen.

„Sie ist alt genug um das zu verstehen." hatte Charlotte gesagt.

„Glaub mir, egal wie alt die Kinder sind, die tragen immer einen Schaden davon." sagte ich.

„Dafür gibt es doch Psychologen." sagte Annica.

„Das ist jetzt nicht dein Ernst." Innerlich brodelte ich schon.

„Sophie, du kannst nicht immer alles immer im Sinne der Kinder tun. Du musst auch an dich denken." Annica nickte Charlotte zu. Schön, dass die beiden einer Meinung waren.

„Was würdest du denn tun, wenn du dich plötzlich Hals über Kopf verliebst? Meinst du nicht, du hast auch ein Recht darauf, glücklich zu sein?"

Was für eine gequirlte Scheiße, die Charlotte da von sich gab.

„Erstens, Charlotte, niemand ist auf Dauer glücklich. Wenn das deine Vorstellung ist, solltest du dir intravenös und permanent Drogen verabreichen lassen. Dann wirst du diesen Zustand vielleicht erreichen. Zweitens, ihr habt beide Kinder. Wie könnt ihr da so egoistisch denken. Ihr müsst die doch beschützen. Kapiert ihr das nicht? Und ja, es gibt vielleicht Menschen, die einem begegnen. Die einen von den Socken hauen. In die man sicher verliebt. Aber euer Verstand wird in der Lage sein, auf dem Absatz kehrt zu machen und wegzurennen."

Annica und Sophie hatten mich schweigend angeschaut. Und ich hatte die Sachen in meine Tasche gestopft und wütend das Zimmer verlassen. Ich hatte nämlich plötzlich keine Lust mehr, mit den beiden in einem Zimmer zu sein.

Und jetzt stehe ich hier. Im Dunkeln. In Irland. Auf dem Weg zu Stefan. Was ist mit meinem Absatz? Ist er abgebrochen? Im Torf versunken? Oder wieso überlege ich immer noch, was ich tun soll?

Dann drehe ich um und laufe ein Stück zurück in die Richtung, aus der ich gekommen bin. Dann bin ich mir nicht mehr sicher. Laufe ein Stück weiter links. Dann rechts. Dann drehe ich mich ein paar Mal um die eigene Achse. Scheiße. Wo bin ich? Wo ist Stefan? Wo ist das Cottage, in dem ich wohne? Mein Handy zeigt „Kein Netz" an. Scheißescheiße.

Ich drehe mich im Kreis, bis mir schwindelig ist. Mit dem Gesicht zuerst falle ich auf den matschigen Boden. Ich habe plötzlich keine Kraft mehr. So, als hätte mich jemand leergesaugt. Riesen-Mitch vielleicht. Gegen meine Tränen kann ich mich auch nicht mehr wehren. Irgendwann schlafe ich vor Erschöpfung völlig durchgeweicht unter den irischen Sternen ein.

31. Kapitel

Ich wache auf, weil mir etwas Hartes gegen meine Nase drückt. Und ins linke Auge. Und in den Kopf. Vielleicht hat mir im Schlaf jemand einen Holzpflock durchs Gehirn gerammt. So fühlt es sich zumindest an. Mit dem rechten Auge linse ich vorsichtig in den Raum, der ganz verschwommen ist. Nebel in Irland? Über mir der Schaukelstuhl. Wie kommt der dahin? Jetzt weiß ich auch, was so wehtut. Jemand hat die Kufe oder wie das heißt auf meinem Kopf geparkt. Arschloch. Ich vermute, es war die Whiskeyflasche, die durchsichtig neben mir liegt. Oder zumindest das, was dadrin war.

Das Notizbuch und der Stift liegen auch auf dem Boden. Ich wundere mich selber, wie schnell mir alles wieder einfällt. Bei dem ganzen Nebel. Hektisch greife ich das Notizbuch. Kaum lesbar, weil ziemlich verschaukelt, steht da ein Text.

Ich jubel. Das tut weh.

Dann jubel ich nochmal, innerlich.

Juchu. Das geht.

Dann lese ich meine Worte der letzten Nacht. Beziehungsweise der Zeit, bevor es Nacht wurde.

Also bei mir.

Im Kopf.

Suffnacht.

Und dann wird mir ganz klar.

Ich brauche kein Elisabeth Haus.

Ich brauche keinen Humpert.

Keine Krienke-König.

Stefan und Tim auch nicht.

Kein Handy.

Was ich brauche ist Wixie. Anscheinend kann ich mich im Suff erinnern. Ich hoffe, dass es kein Zufall ist und sich der Zustand wiederholen lässt.

Eine Tür hat sich geöffnet. Türsteher wär jetzt gut. Oder Türstopper. In jedem Fall lasse ich den Schlüssel auf dem Barschränkchen stecken und fixiere ihn mit ein paar kurz angekauten Kaugummis, die ich in der Küche finde. Doppelt gekaut hält besser.

32. Kapitel

Hektisch zerreiße ich meine Handy-Rechnung von Oktober. Etwa 3000 SMS an eine Nummer. Die von Stefan. Tim ist noch nicht zu Hause. Sonst macht er die Rechnungen auf. Schwein gehabt. Mein Herz klopft. Wieder eine Situation, in der ich hätte auffliegen können. Es wird zu viel. Nimmt zu viel Platz ein. Irgendwann platzt die Bombe.

Nachts wache ich schweißgebadet auf. Neben mir schläft Tim friedlich. Nichtsahnend. In meiner Brust klopfen zwei Herzen. Wie konnte ich es so weit kommen lassen?

Die Kinder sind bei meinen Eltern. Ich habe gelogen. Gesagt, ich hätte eine Veranstaltung und müsse länger arbeiten. Eigentlich lüge ich nicht. Wir treffen uns am Rhein. Irgendwo in einem unbedeutenden Kaff eine halbe Stunde von Köln entfernt. Weit genug weg, hier sollte mich keiner kennen. Trotzdem bin ich unruhig, wenn Spazierer an uns Nassgeknutschten vorbeikommen. Es ist mir peinlich. Verhalten völlig pubertär. Wobei da eher hinterm Busch. Hier hemmungslos. Wir haben kein Zuhause. Deswegen muss das so. Es ist schön und fühlt sich auch falsch an. Er küsst eigentlich nicht mal besonders gut. Könnte man auch sein lassen. Wieso lasse ich es dann nicht?

„Seid wann singst du unter der Dusche?" hat Tim heute morgen gefragt. Mir scheint die Sonne aus dem Arsch. Ich muss aufpassen, nicht zu gut gelaunt zu sein. Keine Indizien liefern für das Glück, dass ich gerade außerhalb meiner Familie finde. Endlich hört mir jemand zu. Stellt Fragen. Ehrliches Interesse. Manchmal habe ich keine Antworten. Das wirft neue Fragen bei mir auf. Ich stelle mich in Frage. Mein Leben. Bisher gab es da nix zu fragen. Ich lebte so wie es muss. Die Sonne waren die anderen.

Tim ist wieder mal auf Geschäftsreise. Ich funke alle Muttis per SMS an, deren Nummer ich habe. Mir egal, ob die Kinder befreundet sind. Ist ja nur für ein paar Stunden. Am Ende habe ich einen freien Nachmittag. Weil ich muss länger arbeiten. Nächste Lüge. Treffpunkt wieder am Rhein im Kaff. Wir gehen spazieren. Die Sonne scheint. Dieses Mal auch am Himmel. Glühwein to go. Endlich werde ich etwas lockerer. Kann meine freie Zeit mit Stefan genießen. Es ist schön. Einfach wunderschön. Noch nie habe ich mich einem Menschen so nah gefühlt. Als würden wir uns schon immer kennen. Als wäre es nie anders gewesen.

Ich packe meinen Koffer, und nehme mit... Stefan.

Das was wir haben, ist nicht real. Eine Vorstellung von etwas. Ein Inselleben. Außerirdische. Isoliert vom Rest der Welt.

Wir wachsen ständig. Machen uns gegenseitig größer. Ich wäre jemand anders, wenn ich mit ihm leben würde. Und er glaube ich auch.

„Du bedeutest Glück für mich", sagt Stefan. Dito. Wieso kann keiner von uns sagen: Ich liebe dich?

Treffen im Didi's. Die Mädels sind instruiert. Zähneknirschend spielen beide mit. Mir egal, was die denken. Der Abend ist unglaublich heiß. Innerlich und äußerlich. Der Verstand wird es nicht mehr lange verhindern können. Ich habe solche Angst.

Städtetrip mit Tim. Wir machen das einmal im Jahr, ohne Kinder. Eigentlich ist es immer schön. Tim hat ein Händchen für schönes. Ich genieße, dass er die Reisen plant und ich nichts tun muss außer mitfahren. Zumindest hier läuft das so. Dieses Jahr Madrid. Mir fehlt die Luft zum Atmen. Erst vermute ich etwas allergisches. Dann wird mir klar, dass es Herbst ist und meine Allergiezeit definitiv vorbei. Bin ich krank?

Plötzlich Engegefühle in der Luft. Mit Mitte 30 einen Herzinfarkt? Gibt doch immer Menschen, die aus der Statistik fallen. Völlig unrealistisch, sagt die Kardiologin und empfiehlt mir kognitive Verhaltenstherapie. Niemand nimmt meine Symptome ernst. Ich bin kein Hypochonder. Ich fühle, was ich fühle, mein Körper macht was er macht. Alles in allem fühle ich mich sterbenskrank.

Firmenfeier zum 10-jährigen Bestehen der Agentur. Stefan ist auch eingeladen. Wir tänzeln um uns herum und tun, als würden wir uns nicht kennen. Beobachten uns aus der Ferne. Funken sprühen und suchen einander, verpuffen über den Köpfen der anderen. Die Kinder sind dabei. Wollten unbedingt Mami's Arbeit sehen. Dann begrüßen wir uns formal korrekt per Handschlag. Kurze, warme Unterhaltung. Ich stelle die Kinder vor. Später beobachte ich eine lachende, dreieckige Runde. Stefan kann gut mit meinen Kindern. Ich hatte es befürchtet. Scheiße.

Unser erster Abend alleine. In Köln unterwegs. Innenstadt. Händchenhaltend. Etwas orientierungslos. Wir lassen uns treiben von unseren Worten. Es ist schön, durch die Stadt zu flanieren. Im Dunkeln. Ein bisschen wie Urlaub. Vom Alltag. Meine Familie ist nicht weit weg. Ich fühle mich etwas unsicher. Rede zuviel. Wir sagen uns viel. Können über alles reden. Ich habe keine Geheimnisse. Was für eine Nähe.

Es passt nicht. Er ist 20 Zentimeter größer. 10 Jahre älter. Wohnt zu weit weg. Ist nicht der Vater meiner Kinder. Eigentlich kennen wir uns doch kaum. Wir haben keinen Alltag zusammen. Es wird nicht funktionieren. Es ist nur eine Flucht.

Ich werde es ihm sagen. Ich will es nicht. Ich will es. Es macht mich krank. Es zerreißt mich. Unser ES ist zu groß geworden. Ich kann es nicht mehr ertragen. Es macht mich kaputt.

Ich liebe ihn! Das, was ich jetzt fühle, habe ich vorher noch nie gefühlt. Vielleicht habe ich bis jetzt noch nie richtig geliebt...

33. Kapitel

Ich weiß nicht, wie viele Tage vergangen sind, als ich in einem Bad aus leeren Whiskeyflaschen erwache. Ein bisschen wie das Bällebad bei Ikea. Ohne Ikea. Und Bälle. Und viel kleiner.

Dann schreit was. Oder eher knurrt. Mein Magen. Ich weiß nicht, wann ich das letzte Mal gegessen habe.

Ich weiß nicht mal, welcher Tag ist.

Es ist hell. Offensichtlich Tag und nicht Nacht. Draußen scheint die Sonne.

Ein schöner Tag.

Durch meinen Nebel höre ich ein leises, stetiges Klopfen. Wird immer lauter. Wildes Hämmern. Endlich kapiere ich, dass jemand an der Tür ist.

Ich krieche. Schneckentempo.

Schneller kann ich nicht.

Ich bin leer.

Als ich die Tür aufmache, höre ich ein „Oh…"

Von Stefan.

Dann: „Hast du was verloren?"

„Wohl eher gefunden."

Stefan guckt auf den Zettel, den ich gerade vom Boden aufhebe.

Komme dich morgen um 11 abholen, steht da.

„Ist heute morgen?" frage ich.

Stefan nickt.

„Fertig?"

„Fix und…"

„Foxi?"

„Alle.“

„Beide?“

„Leer.“

„Hunger?“

„Vermutlich.“

„Wenn wir uns beeilen, können wir am Flughafen noch was essen.“

„Flughafen?“

Vierfaches Augenbrauen-nach-oben-ziehen und doppeltes Kinnlade-runter-fallen. Dann synchrones „Scheiße“.

Stefan versucht, mich auf die Füße zu stellen. Was nicht klappt. Ich sacke jedes Mal wieder zusammen. Wie diese Tierchen. Aus Holz. Mit Fäden durch alle Körperteile. Wo alles nachgibt, wenn man von unten den Knopf der Plattform drückt. Bei mir drückt nichts. Höchstens der Magen. Knurrt und brennt. Hat jemand meine Knochen entführt? So muss sich eine Gummipuppe fühlen wenn sie fühlen würde und nicht zum befühlen benutzt wird. Pfui.

Mensch, bin ich Matsche.

Matcha-Tee wäre gut jetzt.

Oder Kaffee. Irgendwas ohne Alkohol.

Ich zittere. Mir ist kalt. Glaube ich.

Ich höre Stefan durch mein Zimmer poltern. Dann ins Bad rennen. Dann mit Koffer vor mir stehend. Dann rausrennend. Dann mich holend und über die Schwelle tragend. Ich wie ein nasser Sack in seinen Armen.

Wie niedlich. Also er. Nicht der nasse Sack.

Dann mich neben den Koffer in den Kofferraum setzend. Ich bin zu schlapp zum Protestieren. Doch die Gummipuppe. Dann knotet er meine Schnürsenkel zu.

Wie nett. Spielt keine Rolle, dass er versehentlich meine Füße zusammenknotet. Der Wille zählt. Nicht Will sondern Arielle. So fühlt sich das an. Ein bisschen. Ohne grüne Schwanzflosse dafür vielleicht etwas grün im Gesicht. Mir ist ein wenig schlecht.

Dann auf den Beifahrersitz. Quietschende Reifen und Vollgas und los. Zurück auf den kurvigen Straßen. Ich fixiere den Horizont, damit mir nicht noch schlechter wird. Irland verschwimmt zu einer grauen Masse. Keine Ahnung, ob die Truppe sich durch die graue Masse aalt. Sehe nix. Fokus ist Fokus ich Fokusnuss. Ich im Mittelpunkt. Drumherum zählt nicht.

Dann der Mini-Flughafen. Ich bin beeindruckt, wie Stefan es hinbekommt, gleichzeitig zwei Koffer und mich zu tragen. Wo ich nicht mal mich selber tragen kann. Linke Hand Koffer, Huckepack ich, rechte Hand Koffer. Als Hotdog wäre ich die Wurst. Die Imbiss-Check-in-check-out-check-durch-Frau kommt angerannt.

„Schläpp you?" Vermutlich shall I help you. Auch zu einer Masse verschwommen. Oder auch whiskeygeschädigt. Oder irischer Slang. Släng. Slantje.

Stefan lässt die Koffer los und versucht, mich zu übergeben. Da merke ich, dass ich mich übergeben muss. Gott sei Dank ein Mülleimer, den ich auch noch treffe. Es stinkt nach multiplem Whiskey.

„Abelour." sagt die Dame und rennt kopfschüttelnd weg.

Ich fühle mich wie ein Haufen Scheiße. Wie tief kann ein Mensch sinken. Stinken tue ich vermutlich auch.

Stefan checkt die Koffer ein.

Dann mich. Wieder huckepack.

Ich bin zu schwach. Ich kann nicht ohne ihn. Es würde mir die Füße wegziehen.

Kraftstoffreserve leer. Kopf auch.

Ich bin eine Hülle. Hülsenfrucht ohne Frucht. Fürchterlich. Ein Zustand, der einen fürchten lässt. Und vermutlich bildet sich gerade eine Furche zwischen meinen Augenbrauen. Furchtfurche.

Dann stützt mich der enge Sitz im Flieger. Erschöpft sacke ich darin zusammen.

Ex-Sacky.

Die Turbinen heulen auf und ich auch. Also leise, keine Drama-Queen oder so. Der letzte Rest von mir tropft mir auf den Schoß, während der Flieger über die Startbahn rollt.

Ich schaffe nicht mal den Start, da bin ich schon eingeschlafen.

In meine leere Hülle purzeln klare Bilder. Und kurze Filme. Filmchen. Krümel. Krümel des Lebens. Also von meinem. Vor dem Unfall.

Ich träume. Keine Träume. Sonder Realitäten in Träume verpackt.

Da sind die Kinder, in unterschiedlichen Größen. Nicht chronologisch. Bilder von uns als Familie.

Im Restaurant. Beim Fantasie-Schnick-Schnack-Schnuck.

Elefant schlägt Kaugummiblase.

Regen ertränkt Blaubeermuffin.

Maschinengewehr knallt Luftballon ab.

Tim und ich rotwangig. Vom Rotwein. Wangen tun weh vom ganzen Lachen.

Dann ein Babyfüßchen. Von Max. Der speckig lacht, weil Tim ihn kitzelt. Ich hinter der Kamera. Versuche das Festzuhalten. Mein Herz schäumt über vor lauter Liebe zu diesem Speckbaby.

Mia's erste Schritte. Dauern zwei Stunden lang, weil sie sich so freut laufen zu können. Dann fällt sie erschöpft auf ihr Kinderbett. Aber nur der Oberkörper. Die Beine sind zu schlapp und baumeln aus dem Bett.

Max auf Mia's pinkem Fahrrad. Die Stützräder liegen auf der Wiese. Sein Mini-BMX-Bike auch. „Mama, ich kann's. Ich kann's." ruft er begeistert. Während Mia ihrem Fahrrad hinterherläuft.

Dann Max weinend. Sein erster Schultag. Alle anderen strahlen. Er versucht, sich hinter meinem Rockzipfel zu verstecken. Er will gar nicht in die Schule. Sondern spielen. Im Kindergarten. Mit seinen Freunden. Und die Qualle, die er sich zur Einschulung gewünscht hat, war auch nicht in seiner Schultüte.

Mia's erste Ballettversuche. „Wer jetzt noch ein Gummibärchen will, macht bitte einen Stern." Die Truppe rosa Dreijähriger posiert vor dem großen

Spiegel. Am Ende dann plötzlich Max. In Jeans und Straßenschuhen und mit Stern.

Dann Mia mit Vokuhila-Schnitt. Anscheinend war ihr langweilig. Und wir noch im Bett. Da hat sie sich eine Schere genommen. Blöderweise war am nächsten Tag der Fotograf im Kindergarten. Für immer festgehalten. Werde zukünftig zur Sicherheit einen Stapel Papier in ihr Zimmer legen. Und Haare draufmalen. Sicher ist sicher.

Max, der Lego-You-Tube-Filmchen guckt. Alles auf Englisch. Und dann anschließend alles sehr englischklingend nachbrabbelt. Inklusive des rollenden R's. Minutenlang. Ohne Sinn. Aber hört sich super an.

Mia, die aus einem Spielzeugkatalog ihre Geburtstagswünsche ausschneidet. Dann auf ein großes Blatt klebt und oben drüber „Wunlschiste" schreibt.

Der verzweifelte Versuch von Tim, Max das Wort „Panzer" beizubringen. „Tanzer" sagt Max immer wieder. „Sag mal Panzer," sagt Tim. Max: „Tanzer.", Tim: „Super. Und jetzt: Opa Paul fährt einen Panzer." Max: „Opa Paul fährt einen Tanzer."

Dann steige ich aus einer Propellermaschine aus. Vielleicht eine Dienstreise. Auf den Koffer warten. Es kribbelt im Bauch und ich freue mich schon, die Kinder wiederzusehen. Dann geht die Schiebetür auf. Enttäuscht stelle ich fest, dass da niemand auf mich wartet. Stattdessen jemand, der mich am Rockzipfel festhält.

„Warte."

Dann merke ich, ich bin gar nicht am Köln-Bonner Flughafen. Wo bin ich dann? Und was macht Stefan hier?

„Geht's dir nicht gut?"

Ich starre in Stefan's stumpfe Augen.

Ich kann nicht sprechen.

Jemand hat mir im Schlaf alle Wörter geklaut.

Ich kann nicht mehr.

„Sophie?"

Dann samtiger Kulleraugen-Blick.

Etwas sticht mir ins Herz.

Ich schüttele den Kopf.

„Frühstück?"

Ist mir ehrlich gesagt egal. Dann meldet sich mein Magen.

Drei Happy Meals und einen Liter Cola light später geht es mir besser. Zumindest fühle ich mich nicht mehr so leer.

Der Weiterflug bleibt wortlos. Ich beobachte aus dem Augenwinkel, wie Stefan von Minute zu Minute kleiner wird. Ich starre aus dem Fenster. Immer noch hundemüde. Ich kann nicht mehr schlafen. Habe Angst vor neuen Träumen. Die schön sind, aber auch zugleich zu viel. Ich habe genug Bilder, die sich immer wieder vor meinem inneren Auge wiederholen. So wie ein Diaprojektor mit Wackelkontakt, der sich nicht mehr ausschalten lässt und stundenlang die gleichen Bilder immer und immer wieder an die Wand schmeißt. Also an meine. Innere.

Als wir schließlich am Taxi-Stand vom Köln-Bonner

Flughafen stehen, starren wir beide die Taxischlange an. Wortlos stecke ich den Fuffi, den Stefan mir hinhält, in die linke Hosentasche. Dorthin, wo sich in meiner dunklen Erinnerung die laminierte Karte mit meinem Namen befand. Leute strömen an uns vorbei und schnappen sich einen Wagen nach dem nächsten, während wir einfach da stehen. Wie in doppelter Zeitlupe, während die Welt um uns herum rast. Schneckenduett.

Dann bewegen sich einfach meine Beine, ohne dass ich denen sage, sie sollen das tun. Mein Koffer rollt hinter mir her. Vermutlich, weil meine Hand dran ist. Der Taxifahrer lächelt, steigt aus, nimmt mir, wie sich das gehört den Koffer ab und öffnet die Tür. Erst als das Taxi langsam losrollt kapiere ich, dass ich mich nicht von Stefan verabschiedet habe.

Ich bin einfach so gefahren.

Einfach so.

34. Kapitel

Frau K-K kommt mit halb wehendem Haar auf mich zugerannt, als ich vor dem Elisabeth-Haus aus dem Taxi steige. Halb wehend, weil nur eine Seite weht. Die andere ist kurz rasiert. 5 Millimeter schätze ich. Was ist da bloß passiert? Vielleicht ist der Rasierer bei der Intimrasur abgerutscht. Und das abrasierte Haar zu einem Transplantat für Fleischmützchen mutiert. Teildoupet. Oder so.

Ein Sidecut mit Ü-40. Ich fasse es nicht.

„Sophiiiiiieeee." brüllt sie mit weit ausgebreiteten Armen. So als wären wir Freundinnen, die sich lange nicht gesehen haben. Steif wie ein Fisch lasse ich ihre Umarmung zu. Vielleicht ist heute Tag der Umarmung. Hugs for free.

„Schön, sie zu sehen." sage ich mehr aus Anstand, etwas kühl.

Trotzdem fasst Frau K-K das als Aufforderung auf, mich freundschaftlich unterzuhaken, während wir auf die große Eingangstür zu schlendern. Die Nähe ist mir unangenehm, aber ich sage nichts.

„Dann sollten wir gleich morgen früh eine Sitzung machen, damit sie mich auf ihren aktuellen Stand bringen." schlägt Frau K-K schwungvoll vor.

„Da bin ich nicht mehr da?"

„Sie machen noch einen weiteren Urlaub?"

Ich überlege kurz.

„So was in der Art.... ja."

„O.k....haben sie ihre Eltern informiert?"

Es brodelt und ich überlege kurz, ob ich ihr verbal die Fresse polieren soll, entscheide mich aber dann dagegen.

„Das muss ich gar nicht. Sie werden früh genug davon erfahren."

„Ich würde ihnen dringend empfehlen…."

„Lassen Sie's gut sein, Frau Krienke-König. Ich weiß was ich tue und meine Eltern werden einverstanden sein. Es geht mir gut."

„Das heißt, sie haben ihr Erinnerungsvermögen wieder? Irland hat Ihnen also gut getan, ja?" Frau K-K strahlt.

„Sagen wir so, ich hatte eine gewisse therapeutische Unterstützung, die mir Teile meines Lebens zurück gebracht hat."

„Ahh, verstehe, sie hatten eine 1zu1 Erfahrung mit Stefan." Erst denke ich, sie meint die Kunsttherapie. Dann zieht sie wissend ihr linkes Augenlid runter. Also extrem. Nicht wissend sondern runterziehend. Sieht bisschen aus wie Sloth von den Goonies. Das muss doch weh tun.

Pfui, Frau K-K. Nicht wegen dem Auge, sondern wegen dem Gedanken.

„Whis-key." sage ich schnell, aber sehr betont. Also würde ich mit jemandem Gehörlosen reden.

„Sie hatten ein Schlüsselerlebnis?"

„Nein. Schab-au." sage ich noch betont und kühler.

„Ihnen tut etwas weh?" Sie zwinkert.

Anscheinend hat Frau K-K heute einen Clown gefrühstückt. Oder das mit Fleischmützchen läuft gerade doch wieder ganz gut. Was sich liebt ist ne-ckisch. Oder so. Gott sei Dank nicht nackisch. Oder wie war der Spruch noch?

„Ich meinte das Getränk. Vielleicht wirkt Whiskey wie Cola. Man schmeißt ein Gummibärchen rein und am nächsten Tag ist es weg." Was rede ich da für einen Scheiß.

Frau K-K zieht die Stirn kraus und wirft gleichzeitig ihre Haare über den Sidecut, so dass dieser kurzzeitig verschwindet. Sie macht ein nachdenkliches Gesicht. Vielleicht versucht sie sich gerade einen Rudel Gummibärchen vorzustellen, der meine Synapsen blockiert. Oder sie denkt über die therapeutische Wirkung von Whiskey nach.

Dann sagt sie nichts mehr. Sondern legt kopfschwingend ihren Sidecut wieder frei. Dann wieder weg. Ich vermute, sie ist etwas nervös. Oder weiß nicht, was ich sage. Oder weiß nicht, was sie sagen soll. Eigentlich ists mir auch völlig egal.

Dann löse ich mich abrupt aus Frau K-K's Armhandschelle, haue ihr schwungvoll noch den Koffer in die Hacken und stolziere durch die Lobby. Und lasse sie eiskalt vor der Schiebetür stehen, die sich immer wieder schließt und öffnet. Sieht ein bisschen nach Wackelkontakt aus. Und meine Beine sind Wackelpudding.

Zwanzig Minuten später habe ich alles beisammen. Nicht nur in zwei Koffern, sondern auch in mir. So viel ist es eigentlich gar nicht. Und irgendwie ist es gar nicht so schwer. Die Koffer auch nicht. Ich bin

Superwoman und trage beide gleichzeitig und schwingend in die Lobby. Wegen der Gefahr der Haltungsschäden. Einseitige Belastungen sind immer schlecht. Zu meiner Entlastung knalle ich meinen Zimmerschlüssel auf die Theke, der Geier zuckt zusammen.

„Ein Taxi bitte." Kein Wort zu viel. Nicht mal bitte und danke. Ich habe es eilig.

Er nickt hektisch und wortlos, hebt einen Hörer ab und wählt.

Auf einmal geht alles ganz schnell.

Fast forward.

Schiebetür, Taxi, N'Abend, Kofferraum, Koffer, Rückbank, Tür.

Dann rauscht das Draußen gräulich an mir vorbei. Der schwarzgelockte Taxifahrer fährt einen heißen Reifen.

Gefühlt im Porsche.

Knatterknatterflitz.

Keine Zeit mehr zu verlieren.

Keine Wörter zu verschwenden.

Keine Umwege mehr zu gehen.

Es ist schon fast stockfinster, als ich aussteige. Etwas Reströte am Himmel. Die Engel backen Plätzchen. Eckige Wärme strahlt mir entgegen. Alle Fenster hell erleuchtet. Warmes, klares Licht. Ruhe. Etwas kulissenhaft. Kein Krümel auf dem Pflaster. Die Pflanzen wie frisch frisiert. Phantasialandatmosphäre. Niemand zu sehen. Auch nicht im dem Wohnmobil, das am Straßenrand parkt. Ich begrüße den Löwen. Mein

Herz schlägt mir bis zum Hals, dann bis zum rechten, danach bis zum linken Ohr. Dann verliert mich plötzlich meine Entschlossenheit der letzen Stunden. Ich bleibe stehen. Meine Füße gehen eine Symbiose mit der Fußmatte ein. Ich komm da nicht mehr weg. Wie festgetackert. Der Messingring ist aus dieser Entfernung unerreichbar. Als mir von hinten etwas in die Beine knallt, verliere ich fast den Halt.

„Säxunpfirsischzwanzisch," nuschelt mein türkischer-syrisch-arabisch-was-auch-immer-aber-in-jedem-Fall-schwarzgelockter Taxifahrer, den ich erst jetzt bewusst wahrnehme. Etwas grau-schwarz-gestreiftes baumelt vor seinem Mund. Ziemlich langer O-li-bart. Ich vermute, er nuschelt deswegen so. Mit spitzen, geschickten Fingern könnte man daraus was flechten.

Mist. Natürlich habe ich kein Geld mehr. Ich ziehe die Füllung meiner Hosentaschen ohrenmäßig nach außen. Ohne Worte. Er versteht und haut das Lippenpiercing des Löwen gegen die Holztür.

Die Zeit ist plötzlich wie Gummi.

Kauguuuuuuuuuumi.

Als die Tür in Zeitlupe einen Spalt aufgeht, schnappe ich nach Luft. Erst jetzt merke ich, dass ich aufgehört hatte zu atmen.

„Wir kaufen nichts." Ein zartes, kirchendes Stimmchen dringt durch einen blonden Lockenschopf. Hinten oder vorne, man weiß es nicht. Weil kein Gesicht zu sehen ist. Dann eine größere Hand, die die Tür weiter aufschiebt. Zwei kleine Füße, die an zwei

Beinen hängen die unter den Arm geklemmt sind.

Dann Zeitlupe.

Dann „Säxunpfirsischzwanzisch".

Und:

„Mamaaaaa."

„Maaaaaaama?"

„Sophie."

Und ich: „Hi."

Dann knallt's.

Tim hat Max einfach fallen lassen. Seine Kinnlade fällt auch.

Max sagt „Und bums.", steht wieder auf, rennt zu mir und klebt sich mit seinem kleinen Körper komplett an mein linkes Bein. Dann Mia. Rechtes Bein. Ganz schön schwer. Jetzt weiß ich zumindest, warum ich mich nicht bewegen kann. Tim starrt mich an. Ich starre zurück. Dann schwingt er wortlos die Tür auf. Ich stakse schwerfällig wie ein Roboter in den Flur. Und bin drin.

35. Kapitel

Gute Nacht?
Ich habe die Nacht auf dem Sofa geschlafen. Zumindest ein paar Stunden. Also eigentlich überwiegend gelegen. Ohne schlafen. Weil schlafen ging nicht wegen der Bremer Stadtmusikanten. Ohne Hahn. Dafür mit Stoffkatze. Erst ich, dann Mia, dann Max, dann Mimi. M&M&M. Da drunter Mutti. Vier M's. Dazwischen viele blonde Locken und viele unterdrückte Nießer weil blonde Locken in der Nase kitzeln. Wenn man mangels Platz immer wieder Haarfusel einatmet. Erst dachte ich, die beiden erdrücken mich. Ich kriege keine Luft mehr. Krass, wie schwer so zwei halbe Portionen sein können. Dann war es plötzlich schön. Besonders das Blonde-Locken einatmen. Max' gegelte Betonfrisur kitzelte nicht, piekte eher. Jetzt hochgestylter Pottschnitt. Deutlich besser. Die Köpfe rochen so lecker. Irgendwas zwischen Haut und ein bisschen Schwitze und ein bisschen Kindershampoo. Himbeere bei Mia. Gummibärchen bei Max. Oder Redbull. Meine Nase hatte Flügel. Hat sie ja eh. Vielleicht eher beflügelt. Ich konnte nicht aufhören, diese Gerüche, die ich plötzlich so vermisst hatte, zu inhalieren. Wie eine Irre oder die Schwester von Darth Vader muss ich mich angehört haben. Wie kann ein Mensch so etwas schönes vergessen?
Ich wollte nie wieder aufstehen. Mangels Katheter musste ich dann aber. 3:58. Max und Mia wie zwei Sandsäcke vorsichtig runtergeschoben. Nur noch 3

M's. Meine Blase führte mich zum Klo. Wusste ja nicht mehr welche Tür. Dann im Zuge der Erleichterung Tim aus der Dunkelheit auf mich zu torkelnd. Hatte die Augen zu und versuchte, den Klodeckel hochzuklappen, während ich drauf saß.

Er grunzte, ich schschschte, dann peinliche Situation im Gäste-WC. Vermutlich weil er nicht mit mir gerechnet hatte. Ich ja mit ihm auch nicht. Salzsäulen-Mimik. Dann lachte ich. Tim auch. Keine Ahnung warum. Vielleicht aus Verlegenheit.

„Kaffee?" fragte Tim dann.

„Kaffee!"

Dann im Kerzenschein in der Küche. Tim kochte Kaffee. Es klapperte, zischte, brodelte. Ich beobachtete ihn. Niemand sagte was. Trotzdem war es nicht unangenehm. Seltsame Parallele zum Irland-Kaffee, auch am ersten Abend. Kurzes Glühen aus der Körpermitte. Erinnerungen an benebelte Fenster. Hunger. Leidenschaft. Jetzt Phantasialand.

Und Hinterfassadenfragen: Wie fühlt sich das hier an? Was ist es? Was war es? Was kann es sein? Kann es sein? Wird es wieder werden? Was ist es?

Ich fühle mich nicht fremd aber auch nicht zu Hause, obwohl ich hier aufgewachsen bin. Vielleicht stört mich auch nur der Gedanke an Philippa im Souterrain. Oder wie auch immer sie heißt. Oder ist es das Gefühl, mich nie wirklich abgenabelt zu haben. Fühlt sich irgendwie Scheiße an. So einfach ist das.

„Wieso wohnen wir hier?"

Der Kaffee schwappte heiß über den Rand, als Tim

die Tassen auf den Tisch donnerte. Keine Antwort, stattdessen sehr kontrolliertes, langsames Hinsetzen. Dann bedächtiges an der Tasse nippen. Wie ein Redner, der etwas sagen musswill und Zeit schindet. Zum Sammeln. Sortieren. Sonstiges. Oder wie ein Faultier.

„Deine Entscheidung."

Da fehlte das Subjekt und Prädikat. Machte mich das zum Objekt? Oder eher Tim? Tim wirkte verbittert. Schmallippig.

Was hatte ich eigentlich erwartet?

Nach meinen Rausschmiss vor ein paar Wochen konnte ich wohl jetzt kaum mit einer innigen Umarmung rechnen. Und wollte ich das?

Hierher zurück zu kommen war meine Entscheidung. Brutal, hier aufzukreuzen, nach allem, was ich Tim um die Ohren gepfeffert hatte. Da war der überschwappende Kaffee schon mehr, als ich eigentlich erwarten konnte.

Mir war kalt.

Der Kaffee wärmte von oben, von unten kroch mir die Kälte des Fußbodens in den Körper.

Ich nickte. Was sollte ich auch sonst tun. Die Worte ließen mir keinen Platz.

Ich überlegte gerade, welche Frage ich jetzt stellen sollte, als etwas kleines, borstiges durch die Küche schluffte. Kein Igel. Vielleicht ein Kopfigel. Der Rest Max. Der irgendwo zwischen Schlafwandel und Halbschlaf durch die Küche torkelte. In meine Richtung. Auf meinen Schoß. Arme um meinen Hals kno-

tete. Und weiterschlief.
Und mir wurde plötzlich wieder ganz warm.

36. Kapitel

Eine Thermoskanne Kaffee und ein paar Stunden später sitze ich immer noch am Küchentisch. Max auch. Nicht sitzend. Zusammengerollt auf meinem Schoß. Embryonal. Und Mia auch. Nicht auf meinem Schoß, sondern zu meinen Füßen. Um meine Beine gewickelt. Schlafend. Beinembryo. Nur Mimi hat es nicht geschafft. Mit dem Gesicht nach unten liegt sie alleine in der Mitte der Küche auf den Fliesen. Die Arme.

Kurz vor sieben. Nicht ihre Arme. Die Uhr.

Tim ist Zigaretten holen. In echt jetzt. Also hoffe ich. Also glaube ich. Er hat wieder angefangen mit dem Rauchen, als ich weg war. Hat er gesagt. Er hatte gesagt, er hätte aufgehört, als ich das erste mal schwanger war. Weil ich das so wollte. Mit dem Rauchen. Aufhören. Ich kann mich nicht mal dran erinnern, dass er geraucht hat. Ein Teil von mir schließt nicht aus, dass er nicht zurück kommt. Vielleicht musste er auch einfach mal um den Block. Luft schnappen. Kopf frei kriegen. Realisieren, dass ich plötzlich wieder hier bin. Ich weiß es nicht. Was würde ich tun, wenn ich an Tim's Stelle wäre und seine amnesierte, brüllwütige Frau plötzlich im Türrahmen auftaucht?

Vermutlich schreiend wegrennen.

Oder Tür vor der Nase wieder zuschlagen.

Oder Schlag in die Fresse.

Oder Haut abziehen.

Irgendwie sowas.

Stattdessen wirkt er angespannt. Äußerlich unentspannt. Innerlich überspannt? Wutentbrannt? Irgendwas lodert. Ein kleiner Vulkan. Vielleicht meiner,
der in ihm einen neuen Wirt gefunden hat. Was viel-
leicht auch klar ist. Trotzdem große Selbstbeherr-
schung.
Ziemlich dämlich von mir, hier einfach aufzutauchen.
Unangekündigt. Aus meinem Gefühl heraus. Unfair.
Egoistisch. Vielleicht hätte ich das vorbereiten sollen.
Mit einem Anruf.
„Ich bin ein Star, hol mich hier raus."
Dann ein paar Tage warten. In Ruhe das Interimsle-
ben sortieren. Alles einpacken. Tim und die Kinder
hätten mich abholen können.
Irgendwie sowas.
Stattdessen bin ich hier reingepoltert.
Ein Teil von mir denkt darüber nach, ob er/sie/es/ich/
wir/ihr/sie bereit für mich sind. Dann schaue ich auf
meine schlafenden Kinder und schiebe den Gedanken weg. Mehr Nähe geht nicht. Kinder saugen Mama
auf. Körpernähebatterieaufladen. Dann schiebt sich
ein anderer Gedanke erst ins Herz und dann in den
Kopf. Tim weiß es. Vielleicht wusste er es nicht bis zu
dem Unfall. Aber vielleicht weiß er es jetzt. Wieso
auch immer. Vielleicht hat er beim Aufräumen etwas
gefunden. Eine Nachricht. Einen Zettel. Ein Irgendwas. Eine Fährte. Eine die zu Stefan fährte. Führte.
Die Fährte.
Und ganz plötzlich greift sich eine unsichtbare Hand
meinen Magen. Dreht ihn rum. Versucht, ihn heraus-

zureißen. Ich krümme mich vor Schmerzen. Max fällt fasst runter. Was passiert da gerade mit mir?

Ich fühle mich hundselend, als ich begreife, wie sich das für Tim anfühlen muss. Plötzlich fühle ich was er fühlt. So, als ob mein Körper zu Tim's würde. Zum ersten Mal wird mir bewusst, was ich ihm angetan habe.

Behutsam lege ich Max neben Mia auf den Boden. Er lallt, irgendwas schlaftrunkenes, schläft dann aber weiter. Ich presse meine Hände gegen meinen Magen, damit er nicht verlorengeht, während meine Beine eckig wie bei einer Marionette Richtung Kellertreppe staksen. Bisschen zombimäßig. Oder beides. Zombipuppe.

Der Weg nach unten ist stockfinster. Obwohl ich Angst habe hinzufallen, gehen meine Beine weiter. Die wissen anscheinend, wo sie lang wollen. Ich nicht. 30 Schritte später ein Schrank. Linke Hand macht die Tür auf, rechte Hand greift zielstrebig durch irgendwelche Kisten hindurch. Greift nach etwas. Packen, drehen, ziehen. Ein Stapel Hefte kommt zum Vorschein. Vielleicht von den Kindern. Dann gleicher Weg zurück. 10 Schritte horizontal. Die anderen 20 Schritte vertikal. Dann nochmal 13einhalb Schritte bis zum Sofa im Wohnzimmer. Die Hand lässt meinen Magen los, als ich beginne zu lesen. Schöne, tintenfarbene Schreibschrift.

Sitzen im Bus. Mein Stift wedelt über das Papier, während vorne, in der ersten Reihe, ihr hoher Zopf im Takt zum Busschaukeln winkt. Vielleicht mir. Alles war möglich. Und was mache ich? Wähle das „Männerhaus". Alle Türen schließen sich. Ich fühle mich sicher.

Ich verstehe nicht, was da steht. Das Datum sagt mir nichts. Hektisch blättere ich die anderen Bücher durch. Immer die gleiche Schrift. Alle Notizhefte komplett voll geschrieben.
Mit Daten. Alles 2014.
Wie eine Irre blättere ich alle Bücher durch. Lese quer. Schnappe Wortfetzen auf. Ohne Zusammenhang. Es ergibt keinen Sinn. Weil ich zu quer lese. Und doch weiß ich, als ich letztenendes in einem Haufen halb zerfledderter Notizbücher sitze, was es ist.
Es sind Tagebücher.
Von Stefan.
Und das erste Datum muss das Ankommen in Irland gewesen sein.
Der Anfang.
Von etwas ganz großem.

37. Kapitel

Während das erste Buch langsam an den Kanten anfängt zu glühen, spüre ich endlich meinen Magen nicht mehr.

Dann fliegt das zweite in den Kamin, dann das dritte.

Als das letzte sich zu den anderen gesellt, werde ich plötzlich ruhiger. Ich lasse mich aufs Sofa fallen und beobachte, wie die Flammen die Bücher auffressen.

Zum zweiten Mal wird meine Vergangenheit ausgelöscht. Jede Chance auf Wiederbelebung verschwindet. Mit dem Unterschied, dass ich das gerade bewusst entscheide. Da liegen zwei Kinder in der Küche auf dem Boden. Das ist Grund genug. Das muss reichen. Das reicht.

Vielleicht hätte ich mir alles zurückholen können.

Hätte.

Hätte.

Dann lässt sich Tim mit sicherem Abstand und vorsichtig im Sofa neben mir nieder.

„War dir immer noch kalt?"

Ich starre ihn an.

Dann nicke ich.

Sein Körper strahlt etwas Kälte aus. Vermutlich von draußen mitgebracht. Oder es ist eine, die mit mir zu tun hat. Das Feuer ist inzwischen so groß, dass es seine Kälte schnell verschluckt. Kein Nikotingeruch.

Er starrt ins Feuer.

Ich beobachte ihn sehr genau aus den Augenwinkeln. Man sieht noch den Rest von den Büchern. Er verzieht keine Miene. Ich beschließe, dass nachfragen noch dämlicher ist als Tagebücher von einem anderen Mann im Keller zu verstecken und halte die Fresse.

Es ist egal.

Jetzt ist alles gut.

Alles ist gelöscht.

Deleted.

Ich schaue auf die Kräuselmatte, die zwischenzeitlich zu einer Pumuckelmatte herangewachsen ist. Bisschen was perückenhaftes. Er muss zum Friseur. Vielleicht die Kräusel mal wegschneiden lassen. Raspelkurz. Ich werde das vorschlagen.

Er sieht gut aus. Kurze Haare stehen ihm bestimmt. Besser.

Sein Blick ist stumpf. Und traurig.

Etwas in dieser Traurigkeit lässt etwas in mir warm werden. Ich traue mir selber nicht. Vielleicht ist es Mitleid. Irgendwie ist Tim eine Schwulette. Nach wie vor weiß ich nicht, warum ich mich mal in in verliebt habe. Und ob das nochmal so sein wird. Und ob, wenn nicht, ob es reichen wird.

Für mich.

Für ihn.

Für uns als Familie.

Eine Familie.

Das sind wir.

Und obwohl ich erst vor kurzer Zeit Mama geworden bin, fühlt es sich gut und richtig an, bei den Kindern zu sein. Es ist nicht fremd. Zumindest jetzt nicht.

Nicht heute. Das ist gut. Ich weiß nicht, was morgen sein wird.

Heute ist ein Neuanfang.

Für mich.

Und so sehr ich auch alles deleted habe, bleibt etwas in meinem Herzen zurück. Es sitzt da fest. Baumelt als Anhängsel da rum. Es ist die Liebe zu einem Mann, die vielleicht meine große Liebe war.

Ich weiß es nicht.

Es spielt keine Rolle mehr.

Ich bin jetzt hier.

Ich werde nie wieder Whiskey trinken.

Ist das jetzt das gute Ende?